Johanna Spyri

Kurze Geschichten für Kinder und auch für Solche, welche die Kinder lieb haben

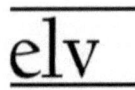

Johanna Spyri

Kurze Geschichten für Kinder und auch für Solche, welche die Kinder lieb haben

Reihe: *classic pages*

ISBN: 978-3-86267-154-0

Cover: Ausschnitt von „Der Sonntagsspaziergang" von Carl Spitzweg (1841)

Auflage: 1
Erscheinungsjahr: 2011
Erscheinungsort: Bremen, Deutschland

Europäischer Literaturverlag GmbH, Fahrenheitstr. 1, 28359 Bremen (www.elv-verlag.de).

Kurze Geschichten für Kinder und auch für Solche, welche die Kinder lieb haben

www.elv-verlag.de

Inhalt

1. Beim Weiden-Joseph 1
   Beim Weiden-Joseph..2
   Eine neue Bekanntschaft 8
   Ehrlich währt am längsten..15
   Was der liebe Gott schenkt 22
   Der Weihnachtsabend 28

2. Rosenresli 39
   Zur Zeit der Rosen 40
   Eine kleine Helferin und eine große Hilfe.....................43
   Rosenreslis Kummer 48
   Keine Sorgenmutter mehr..52

3. Der Toni vom Kandergrund 59
   Daheim im Steinhüttchen...60
   Ein schwerer Spruch 66
   Oben in den Bergen..70
   In der Heilanstalt...78

4. Und wer nur Gott zum Freunde hat, dem hilft er immer wieder ...87
   Basti und Fränzeli erlernen ein Lied 88
   Unerwartete Neujahrssänger 94
   Eine Überraschung nach der anderen..........................103

5. In sicherer Hut 109
   Vor der Abreise...110
   Auf der Gemmi...112
   Es wird Bekanntschaft gemacht....................................116
   Eine Schreckensnacht..120
   Am anderen Morgen..124

1. Beim Weiden-Joseph

1. Kapitel

Beim Weiden-Joseph

Wo schöne grüne Weidenhügel sich erheben, einer nach dem anderen, und zwischendurch die Taleinschnitte von schimmernden roten und blauen Sommerblumen bedeckt sind, liegt das Dörfchen Altkirch. Das saubere weiße Kirchlein mit dem roten Turm und die hölzernen Häuser ringsherum liegen vor allen Winden geschützt im grünen Grund. Denn hinter dem Dörfchen und von beiden Seiten steigen die Hügel empor, und nur die Vorderseite ist frei und offen. Diese schaut zu der grünen Höhe des Rechbergs hinüber, auf dessen Gipfel, von Wald umgeben, ein anderes Dorf mit seinen weißen, steinernen Häusern weithin schimmert. Wie die Höhe heißt es Rechberg.

Zwischen den Höhen rauscht der wilde Zillerbach dahin und bringt von seiner Fahrt aus den Bergen herunter viel Holz und Steingeröll in den trüben Wellen mit. Von Altkirch zum Rechberg hinüber führt eine Fahrstraße, die einen weiten Weg zu machen hat. Erst führt sie im Zickzack den Berg hinunter bis zum Zillerbach, dann über die alte, gedeckte Brücke und jenseits wieder im Zickzack hinauf bis zum Dorf Rechberg. Im Ganzen wohl zwei Stunden lang.

Kürzer und viel lieblicher ist der schmale Fußpfad, der mitten über die Höhe hin zum Zillerbach hinunterführt, gerade auf den schmalen, hölzernen Steg zu, der hier über den reißenden Bach geht. Der Steg ist so schmal, dass nur eine Person auf einmal darüber gehen kann. Und es ist gut, dass auf beiden Seiten Seile gespannt sind, an denen man sich festhalten kann. Denn der leicht gebaute Steg zittert und schwankt bei jedem Schritt so sehr, dass den Wanderer ein ganz unsicheres Gefühl befällt.

Weit und breit ist kein Haus auf all den grünen Hügeln zu sehen. Nur auf dem letzten, von wo der Fußweg steil zum Bach hinuntergeht, steht eine einsame Kapelle. Sie schaut seit uralter Zeit auf das reißende Wasser und den so oft weggeschwemmten und wieder neu errichteten Steg nieder.

In Altkirch leben viele arme Leute, denn es gibt dort wenig Arbeit. Die meisten Männer gehen als Tagelöhner auf die Bauernhöfe der Nachbarschaft. Einige besitzen selbst ein Fleckchen Erde, das sie

bebauen. Nur zwei oder drei Bauern im Dörfchen haben so viel Land, um mehrere Kühe darauf halten zu können,
Eine der ärmsten Familien war die vom Weiden-Joseph in dem abgelegenen alten Häuschen, das am Fußweg zur Kapelle liegt und ganz allein steht. Das Häuschen wird fast ganz von den lang herabhängenden Zweigen eines uralten Weidenbaums zugedeckt. Der hat sich immer mehr ausgebreitet, bis er das Häuschen endlich ganz umschloss. Nach diesem Baum heißt der Besitzer der Weiden-Joseph. Er hatte immer in dem Häuschen gewohnt, denn es war schon seines Vaters Besitz gewesen, der darin uralt geworden war. Jetzt war der Weiden-Joseph selbst ein alter Mann geworden und lebte in dem Häuschen mit seiner alten, seit langer Zeit kranken Frau und seinen zwei Enkelkindern.

Der Weiden-Joseph hatte einen einzigen Sohn, den Sepp, der immer ein gutmütiger, aber ein wenig leichtsinniger und unsteter Mensch gewesen war. Wo er sich jetzt aufhielt, wussten die alten Eltern selbst nicht, schon seit sechs Jahren war er fort von daheim und hatte während der Zeit wenig von sich hören lassen.

Der Sepp hatte sehr früh geheiratet, und die Eltern freuten sich darüber, denn die Frau war die fleißige, brave Konstanze, die von allen Leuten gern gesehen wurde. Sie sah auch gut aus und hielt alles schön in Ordnung im Häuschen ihres Mannes. Der Weiden-Joseph und seine Frau verlebten friedliche Tage, solange die Tochter Konstanze im Haus war. Sie arbeitete von früh bis spät und ließ es den Eltern an nichts fehlen. Sie sagte, Vater und Mutter müssen nun ausruhen, sie haben genug getan. Sie und ihr Sepp seien nun da, um den Alten noch ein paar geruhsame Tage zu machen.

Der Sepp ging täglich auf die Arbeit zu dem großen Hof jenseits der Ziller hinüber und brachte am Samstag ein schönes Stück Geld heim. Es war alles so zur Zufriedenheit geregelt, dass auch der Sepp ein ausgeglichener Mensch wurde und nichts wünschte, als so weiterzuleben.

Drei Jahre gingen in ungetrübtem Frieden so dahin, und der alte Pater Klemens, der in dem langen, alten Haus hinter Altkirch wohnte und oft ins Häuschen des Weiden-Joseph eintrat, sagte oftmals: »Joseph, bei Euch ist gut wohnen, da hört man kein böses Wort. Haltet Eure Konstanze in Ehren!« Und seine gutmütigen Augen leuchteten vor Freude, wenn die Konstanze, so sauber und ordentlich wie sie immer war, hereintrat und ihn mit ihrer fröhlichen Stimme willkommen hieß. Auch das kleine Stanzeli auf ihrem Arm streckte schon von Weitem dem Pater Klemens das Händchen entgegen. Dann sagte er noch einmal: »Ja gewiss, bei Euch ist gut wohnen, Joseph.«

Als das Stanzeli fast zwei Jahre alt war, kam der kleine Seppli auf die Welt. Das war eine große Freude für alle. Aber bald danach geschah das Traurigste, das dem Haus des Weiden-Joseph widerfahren konnte. Die Konstanze starb ganz plötzlich und hinterließ eine Lücke, die nicht mehr auszufüllen war. Von der Zeit an lief der Sepp herum wie einer, der keinen Sinn mehr im Leben sieht. Sein unruhiges Wesen kehrte wieder zurück. Er konnte am Sonntag nicht mehr daheim bleiben, wie er es früher so gern getan hatte. Es trieb ihn immer weiter fort, und zuletzt meinte er, wenn er woanders Arbeit suchen könnte, werde es wieder besser mit ihm werden.

Er versprach, den Eltern von Zeit zu Zeit etwas Geld zu schicken für ihren und der Kinder Unterhalt. Dann ging er fort. Eine Zeit lang hielt er sein Versprechen und schickte seine Beiträge. Dann kam kein Geld mehr, und seit sechs Jahren wussten sie weder, wo er sich aufhielt, noch ob er überhaupt noch lebte. Unterdessen waren die beiden Alten immer gebrechlicher und ärmer geworden.

Der einzige, geringe Erwerb, der ihnen geblieben war, bestand darin, dass der Großvater aus den Weidenzweigen Körbchen flocht. Jeden Freitag gab er sie dem Käsehändler mit, der seine Käse auf den Markt in die Stadt trug. Viel nahm der Großvater nicht ein für seine Arbeiten, und die Großmutter musste jedes Stückchen Brot genau einteilen, dass man von einem Tag zum anderen leben konnte.

So war das Stanzeli bald neun, der Seppli sieben Jahre alt geworden, und Stanzeli musste jetzt dem Großvater schon viel bei der Arbeit helfen, denn seit mehr als vier Monaten lag die Großmutter krank darnieder und konnte gar nichts mehr tun. So mussten der Großvater und das Stanzeli zusammen täglich das Kochen besorgen, das zwar nicht sehr viel Zeit beanspruchte, denn es wurde nichts anderes gekocht, als Maisbrei und Kartoffeln. Und dann und wann ein wenig Kaffee. Aber sie mussten gemeinsam das Essen bereiten, denn das Stanzeli war noch zu klein, um die Pfanne hin und her zu heben. Und der Großvater kannte sich nie bei den Zutaten aus, das wusste dann das Stanzeli genau.

So arbeiteten sie immer miteinander in der Küche, und gewöhnlich stand der Seppli dann auch in dem kleinen Raum, wo die zwei sich kaum bewegen konnten. Er war einmal dem einen und einmal dem anderen im Wege und sperrte ganz weit seine Augen auf in Erwartung der herrlichen Dinge, die da zubereitet wurden. Und weder der Großvater noch das Stanzeli versuchten, den Seppli aus der kleinen Küche zu schicken. Sie wussten genau, dass er zwei Minuten später wieder da war, denn der Seppli hatte in manchen Sachen eine unbeschreibliche Beharrlichkeit.

Eine schöne, warme Septembersonne schimmerte draußen über den grünen Hügeln um Altkirch. Eben fielen einige Strahlen davon durch die trüben Fensterscheiben auf das Bett der Großmutter.

»Ach Gott!« seufzte sie, »scheint auch die Sonne noch? Wenn ich doch auch einmal wieder hinaus könnte. Aber ich wollte ja noch stillhalten, wäre das Bett nur nicht so hart wie Holz, und im Kissen sind fast keine Federn mehr. Und wenn ich erst an den Winter denke, wenn ich so daliegen muss auf dem harten Sack und unter dem dünnen Decklein und ohne ein rechtes Kissen. Ich muss ja erfrieren, es ist mir ja jetzt schon kalt.«

»Du musst dich nicht schon jetzt um den Winter sorgen«, sagte der Großvater beschwichtigend. »Unser Herrgott wird ja dann auch noch am Leben sein. Er hat uns schon manchmal in der Not geholfen, das darfst du nicht vergessen. Was meinst du, wenn wir dir ein wenig Kaffee machten, damit es dir warm würde?«

Die Großmutter wollte gern ein Tässchen Kaffee trinken, und der Großvater machte die Küchentür auf. Sie lag unmittelbar neben der Stube, in der das Bett der Großmutter stand. Ein kleines Treppchen hinter dem Ofen führte in die Schlafkammer hinauf, wo der Großvater mit den Kindern schlief. Er winkte jetzt Stanzeli, dass es mitkomme, und gleich lief ihr auch der Seppli nach, denn er musste zusehen, wenn etwas Essbares bereitet wurde. Draußen nahm der Großvater einen Kessel vom Gestell herunter und goss Wasser hinein. Dann sagte er: »Stanzeli, was kommt jetzt zuerst?«

»Zuerst muss ich jetzt Kaffeebohnen mahlen«, berichtete das Kind und setzte sich gleich mit der alten Kaffeemühle auf den Schemel und drehte mit aller Kraft. Aber irgendetwas stimmte mit der Mühle nicht, es untersuchte sie und zog endlich unten das Schublädchen sorgfältig hervor. Da lagen, anstatt des schönen Pulvers, große Brocken, fast halbe Kaffeebohnen darin. Das Stanzeli hob mit Schrecken das Lädchen zum Großvater empor und zeigte ihm das Unheil. Er besah sich den Schaden und sagte beruhigend: »Musst nur keinen Lärm machen, dass es die Großmutter nicht hört, sonst jammert sie und meint, nun könne sie keinen Kaffee mehr trinken. Aber wart nur ein wenig.«

Damit ging der Großvater hinaus und kam bald wieder zurück mit einem großen Stein in der Hand. Damit zerschlug und zerrieb er die Kaffeebohnen auf einem Papier und dann schüttete das Stanzeli das grobe Pulver in den Kessel hinein. Als aber bald darauf die Großmutter ihr Tässchen in die Hand bekam, rief sie klagend aus: »O weh! O weh! Da schwimmen die großen Körner oben auf, die Kaffeemühle ist zerbrochen. Oh, wenn sie nur noch bis zu meinem Tod gehalten hätte, wir können keine neue mehr kaufen.«

Aber der Großvater sagte in besänftigendem Ton: »Du musst dich nicht kränken deswegen, mit Geduld ist manches in Ordnung zu bringen.«

»Ja schon, aber keine Kaffeemühle«, jammerte noch einmal die Großmutter.

Das Stanzeli und der Seppli bekamen auch jedes ein Tässchen voll Kaffee und einige Brocken Kartoffeln dazu. Brot aßen sie nur am Sonntag jedes ein Stückchen. Dann holte der Großvater seine Körbchen herbei, die er fertig geflochten hatte. Er band immer ein paar davon mit einer Schnur zusammen und gab jedem der Kinder ein solches Bündelchen von kleinen Körbchen in die Hand. Dann ließ er sie damit weggehen und ermahnte sie noch, nicht zu spät nach Hause zu kommen. Sie wussten schon, wohin sie mit den Körben mussten, denn sie hatten alle paar Wochen einmal dem Käsehändler eine solche Sendung zu überbringen. Dieser wohnte weit vom Dörfchen entfernt. Man musste über die Hügel gehen, an der Kapelle vorbei bis zum Wald hinauf, dort stand seine Hütte.

Die Kinder zogen nun miteinander aus. Da das Stanzeli immer ganz gewissenhaft seinen Weg fortsetzte, so musste der Seppli auch mit, wenn er auch gern etwas stillgestanden wäre und dies und jenes betrachtet hätte. Erst als sie an die Kapelle kamen, blieb das Stanzeli stehen und sagte: »Leg die Körbe hier auf den Boden, Seppli, wir müssen jetzt in die Kapelle hinein und ein Vaterunser beten, so lange können sie hier liegen bleiben.«

Aber der Seppli war störrisch.
»Ich will nicht hinein, es ist mir zu heiß«, sagte er und setzte sich auf den Boden nieder.
»Nein, Seppli, komm, das muss man tun«, mahnte das Stanzeli. »Weißt du nicht mehr, dass der Pater Klemens gesagt hat, wenn man an einer Kapelle vorbeikomme, müsse man immer hinein und etwas beten? Steh auf und komm schnell.«
Der Seppli blieb störrisch am Boden sitzen. Aber das Stanzeli ließ ihm keine Ruhe. Ganz ängstlich nahm es ihn bei der Hand und zog ihn auf: »Du musst kommen, Seppli, es geht gewiss nicht gut sonst. Du solltest auch gern beten.«
In dem Augenblick kam jemand von unten auf die Kapelle zu. Plötzlich stand der Pater Klemens vor den Kindern.
Seppli war schnell auf seine Füße gesprungen. Die Kinder boten schnell dem Pater ihre Hände.
»Seppli, Seppli,« sagte er ganz freundlich, als er diesem die Hand drückte, »was habe ich gehört? Du willst dem Stanzeli nicht folgen, wenn es gern mit dir in die Kapelle hinein möchte? Ich will dir aber etwas sagen. Siehst du, es ist kein Zwang von unserem Herrgott, dass man in die Kapelle hineingehen und beten soll, sondern es ist eine Erlaubnis, dass wir so zu ihm beten dürfen. Und jedes Mal, wenn wir das tun, schenkt er uns etwas, wir können es dann nur nicht immer gleich sehen.«
Jetzt wanderte der gute Pater wieder seiner Wege, und Seppli trat nun ohne Widerrede mit dem Stanzeli in die Kapelle ein und sagte andächtig sein Gebet. Als die Kinder nach einiger Zeit wieder herauskamen, hörten sie laute Stimmen und ein starkes Keuchen den Fußweg herauf ertönen, der hier sehr steil zum Zillerbach hinunterführt. Jetzt kamen nacheinander drei Köpfe zum Vorschein, erst ein Mädchenkopf und dann zwei Bubenköpfe, und nun standen auf einmal drei Kinder den anderen zweien gegenüber. Mit großem Erstaunen sahen sie sich gegenseitig an.

2. Kapitel

Eine neue Bekanntschaft

Das neu aufgetauchte Mädchen war von allen das größte und mochte wohl elf Jahre alt sein. Der größere der Brüder war wenig über ein Jahr jünger, während der andere bedeutend kleiner, aber sehr stämmig gebaut war. Das Mädchen ging nun noch ein paar Schritte näher auf die Kinder zu und fragte:
»Wie heißt ihr zwei?«
Die Kinder nannten ihre Namen.
»Wo seid ihr daheim?« fragte das Kind weiter.
»In Altkirch, dort, man kann den Kirchturm sehen«, antwortete das Stanzeli und deutete auf den roten Helm zwischen den Hügeln.
»Also habt ihr dort eure Kirche. Eine solche Kirche haben wir auch bei uns, aber sie ist geschlossen, und man geht nur am Sonntag hinein. Aber solche Kapellen haben wir keine bei uns. Dort steht noch eine höher oben, sieh nur, Kurt, ganz oben beim Wald.« Das Mädchen zeigte mit seinem Finger hoch hinauf und der Bruder nickte zum Zeichen, dass er die Kapelle sehe. »Ich möchte nur wissen, warum ihr hier auf so vielen Hügeln solche Kapellen habt.«
»Dass man hineingehen kann und beten, wenn man vorbeikommt«, sagte das Stanzeli schnell.
»Das kann man ja auch sonst tun«, meinte das andere Mädchen. »Man kann ja überall beten, wo man ist, der liebe Gott hört es überall, das weiß ich.«
»Ja, aber man denkt nicht, dass man auch einmal beten sollte, bis man an die Kapelle kommt, dann weiß man es gleich und tut es auch« entgegnete das Stanzeli ernsthaft.
»Jetzt müssen wir gehen, Lissa«, mahnte der Bruder Kurt, dem das Gespräch zu lang wurde. Aber die Lissa hatte es nicht eilig, sie machte gern ein wenig Bekanntschaft, und das Stanzeli gefiel ihr, weil es so bestimmt antwortete. Und jetzt eben hatte es etwas gesagt, das die Lissa gar nicht widerlegen konnte, wie sehr sie auch nachdachte. Es war ja wirklich so, ihr kam es auch nie in den Sinn, dass man auch einmal beten und dem lieben Gott danken könnte, wenn sie so spazieren ging und Freude hatte. Auch wenn sie schon zu Stanzeli ganz fest gesagt hatte, man könne ja überall beten.

Jetzt machte auch die Kapelle auf einmal einen ganz neuen Eindruck auf Lissa, denn bis jetzt hatte sie so darauf geschaut, wie auf einen Bau, der nur dastehe, weil er einmal vor langer Zeit hingestellt worden war. Sie hätte aber nie gedacht, dass der heute noch jedem etwas Bestimmtes zurufen würde, der da vorübergeht. Nun war es ihr auf einmal, als zeige der liebe Gott vom Himmel herab auf die Kapelle und sage: »Da steht sie, dass du auch einmal an mich denkst.«
Als Lissa gedankenverloren so lange nichts sagte, fuhr das Stanzeli fort: »Und das ist nicht wie ein Befehl, sondern wie eine Erlaubnis, dass wir hier hereinkommen und beten dürfen. Denn wenn wir das tun, so schenkt uns der liebe Gott etwas, wenn wir es auch nicht sehen können. Der Pater Klemens hat's gesagt.«
»Ja, aber ich wollte lieber einmal etwas, das man sehen kann«, fügte jetzt der Seppli hinzu, der neben dem Stanzeli stehen geblieben war und aufmerksam zugehört hatte.
»Kennst du auch den Pater Klemens?« fragte Lissa ganz erfreut, denn dieser war auch auf der anderen Seite vom Zillerbach allen Kindern wohlbekannt und ihr guter Freund. Wo immer er von ihnen gesehen wurde, in seinem langen Rock und dem großen Kruzifix an der Seite, da liefen gleich von allen Seiten die Kinder herbei und gaben ihm die Hand. Und dann zog er aus seinem weiten Rock die alte Brieftasche heraus, und jedem der Kinder schenkte er ein schönes, buntes Bildchen.
Lissa hatte davon schon manches erhalten, mit rosigen Engelchen darauf, die Blumen streuten. Andere Bilder zeigten einen Busch Rosen mit einem Vögelchen darauf sitzen. Der Name Pater Klemens rief ihr die liebsten Erinnerungen ins Gedächtnis.
»Er wohnt bei uns in Altkirch, oben im alten Kloster, und er kommt viel zu uns«, berichtete das Stanzeli.
»Ja, und er bringt der Großmutter manchmal ein ganzes Brot«, ergänzte der Seppli, dem diese Tatsache besonders in Erinnerung war.
»Jetzt müssen wir gehen, wir haben noch weit bis zum Käsehändler«, sagte das Stanzeli, indem es sein Bündel Körbchen aufnahm und dem Seppli das seinige gab.
»Willst du einmal zu mir hinüberkommen auf den Rechberg?« fragte Lissa, die gern die neue Bekanntschaft ein wenig fortsetzen wollte.
»Ich weiß den Weg nicht, ich bin noch nie auf der anderen Seite vom Zillerbach gewesen.«

»Oh, der ist ganz leicht zu finden. Komm nur einmal am Sonntagnachmittag«, ermunterte Lissa sie, »dann spielen wir bis zum Abend. Du musst nur über den Steg dort unten gehen und dann immer hinauf bis auf den höchsten Punkt. Dort ist der Rechberg, und das große Haus, das oben ganz allein steht, das ist unser Haus. Also komm dann!«

Jetzt trennten sich die Kinder. Das Stanzeli ging mit dem Seppli den Berg hinauf und Lissa sah sich nach den Brüdern um, die eine Weile nichts von sich hatten hören lassen. Kurt war auf den alten Tannenbaum geklettert, der neben der Kapelle stand, und schaukelte sich auf einem morschen Ast, der bedenklich krachte, hin und her. Lissa schaute mit Interesse zu, ob Kurt bald mitsamt dem Ast herunterkommen werde, was ihr mehr unterhaltsam als gefährlich erschien. Nicht weit von der Tanne entfernt lag der kleine, dicke Karl ausgestreckt am Boden und schlief so fest, dass er die lauten Rufe von Lissa, er solle sich nun erheben, nicht hören konnte.

Aber jetzt kam etwas den Hügel herabgerollt, das mit einem Mal den Kurt vom Baum und den Karl auf seine Füße brachte. Es war eine große Schafherde, alte und junge, große und kleine. Alles wogte, hüpfte, sprang durcheinander, und nebenher lief der große Schäferhund und bellte in einem fort, damit die Herde zusammenblieb. Er bellte so laut und eindringlich, dass Karl augenblicklich davon erwachte und schnell aufsprang, um die herabrollende Schar zu betrachten.

Der Schäfer trieb seine Herde an den Kindern vorbei nach Altkirch zu. Die drei schauten mit schweigender Bewunderung auf die Vorüberziehenden. Ihre Augen konnten nicht genug aufnehmen von den lustigen Sprüngen, die die jungen, niedlichen Schäfchen neben ihren Müttern machten. Diese beobachteten die Kleinen, dass sie auch nicht mutwillig aus der Reihe hüpften und dann etwa verloren gingen. Als die Herde fast vorüber war und nur noch die letzten alten Schafe nachliefen, da atmete der immer noch in Staunen versunkene Karl tief auf und sagte: »Wenn wir nur ein solches Schäfchen hätten.«

Das war das Gleiche, was Kurt und Lissa in dem Augenblick dachten, und alle drei stimmten auf einmal so ganz überein, wie es selten der Fall war. Lissa schlug gleich vor, nun schnell nach Hause zu-

rückzukehren und Papa und Mama so lange zu bitten, ihnen ein solches Schäfchen zu schenken, bis sie es tun wurden.
Dann schilderte sie den Brüdern noch, wie es sein würde, wenn sie das Schäfchen überall mit sich herumführen könnten. Auf der Weide würden sie seine lustigen Sprünge beobachten und es so sorgfältig bewachen wie die alten Schafe. Und alle drei steigerten sich in eine solche Freude hinein, dass sie übermütig den Berg hinabliefen und schnell über den Steg rannten, die Lissa voran. Hinter ihr folgte Kurt, und beide stürmten in so hohen Sprüngen über den leicht gebauten Steg, dass er unter ihren Füßen schwankte und zitterte.
Die losen Bretter sprangen so auf und nieder, dass der nachfolgende Karl den Halt unter seinen Füßen verlor, mitten auf dem Steg hinfiel und beinahe in den reißenden Zillerbach gestürzt wäre. Kurt kehrte um und zog ihn auf, und da Lissa inzwischen drüben angekommen war, schwankte der Steg nicht mehr auf und nieder, und die Brüder kamen nun auch glücklich auf der anderen Seite an. Der Weg von da zum Rechberg hinauf war ziemlich weit, die Kinder brauchten wohl dreiviertel Stunden, bis sie an der letzten Steigung angekommen waren und ihnen die Lichter aus den Fenstern der Wohnstube entgegenschimmerten. Denn es war unterdessen völlig Nacht geworden.
Schon seit einer Stunde ging die Frau des Oberamtmanns ängstlich hin und her, einmal von der Stube auf die steinerne Treppe am Haus hinaus, dann in den Garten hinunter. Sie schaute sich um, kehrte dann wieder zurück und machte nach einer kleinen Weile aufs Neue denselben Gang.
Schon seit dem Mittagessen hatte sie keines der Kinder mehr erblickt, und um vier Uhr, zur Kaffeezeit, hätten sie wie gewöhnlich daheim sein sollen. Die Mutter hatte ihnen erlaubt, den freien Samstagnachmittag oben im Wäldchen zuzubringen. So waren gleich nach Tisch alle drei freudig davongerannt. Aber nun war es dunkel geworden und noch nirgends waren die Kinder zu sehen. Wo konnten sie sich nur so verspätet haben? Oder sollte dem kleinen Karl, der noch gar nicht so fest auf den Füßen stand, etwas zugestoßen sein?
Der Mutter kamen alle möglichen Bedenken, und immer unruhiger lief sie hinaus und wieder hinein und an alle Fenster.
Aber jetzt – das waren die bekannten Stimmen. Sie tönten ganz aufgeregt schon weit von unten herauf. Die Mutter lief hinaus und rich-

tig, da kamen sie heraufgestiegen. Als die Kinder die Mutter sahen, lief eines schneller als das andere, um zuerst erzählen zu können. Der kleine Karl blieb nun weit zurück. Kurt und Lissa stürzten sich fast gleichzeitig auf die Mutter und wollten beide zusammen alles auf einmal berichten. Aber zu gleicher Zeit ertönte eine laute Stimme von der anderen Seite: »Zum Abendessen! Zum Abendessen!« Es war die Stimme des Oberamtmanns, der eben von seinen Geschäften heimkehrte und seine feste Hausordnung aufrecht hielt.

Als nun alle ruhig bei Tisch saßen, konnte das Erzählen beginnen. Aber zuerst mussten sie berichten, warum sie nicht zur Kaffeezeit heimgekommen waren.

Endlich kam dann heraus, dass es oben im Wäldchen der Lissa zu langweilig geworden war und sie vorgeschlagen hatte, zur alten Linde hinaufzusteigen. Da man nun von dort auf die Kapelle hinüber- und auf den Zillerbach und den schmalen Steg hintersah, hatte Lissa eine unwiderstehliche Lust erfasst, gleich dorthin zu laufen. Sie wollte sich alles aus der Nähe ansehen, denn das Schwanken und Zittern des Stegs war ihr noch von einem früheren Ausflug her in genussreicher Erinnerung. Sogleich waren die Brüder einverstanden gewesen und in Eile die Reise angetreten worden, sie war aber schließlich viel länger ausgefallen, als sie beabsichtigt hatten.

Als nun das Bekenntnis der unerlaubten Reise abgelegt und die Warnung gefolgt war, ein andermal einen solchen Einfall nicht auszuführen, berichteten sie zuerst von der Kapelle. Dann erzählten sie von den zwei Kindern, dann von der Schafherde und dann noch einmal alles von vorn und noch ausführlicher. Zuletzt kam auch noch die Schilderung von dem lustigen Übergang über den Zillerbach und wie es dabei zugegangen war. Diese Beschreibung hatte dann zur Folge, dass der Vater für die Zukunft jeden Ausflug an den Zillerbach hinunter streng verbot. Der schwankende Steg war überhaupt eine Einrichtung, gegen die der Oberamtmann schon lange protestiert hatte. Dennoch blieb das schadhafte Verbindungsmittel immer noch stehen.

»Karl der Dicke ruht von seinem Tagewerk, und das eure wird wohl auch zu Ende sein«, sagte jetzt der Vater. Er rüttelte ein wenig an dem Stuhl neben ihm, auf dem Karl inzwischen fest eingeschlafen war, denn der Ausflug hatte ihn sehr müde gemacht. Es ging aber nicht so leicht, diesen ersten, guten Schlaf zu unterbrechen. Mit einem Mal nahm der Vater den Stuhl und trug ihn mitsamt dem Schläfer in das Schlafzimmer hinein, und die anderen Kinder folgten nach und jauchzten über den Spaß. Zuletzt kam die Mutter und hatte ihre liebe Not, bis sie den einen aufgeweckt und die anderen zur Ruhe gebracht hatte.

Von dem Tag an verging kein Morgen-, kein Mittag-, kein Abendessen, ohne dass die Kinder eines nach dem anderen und immer wieder und in allen Tonarten die Worte vorbrachten: »Wenn wir nur ein solches Schäfchen hätten.« Endlich hatte der Oberamtmann genug davon.

Eines Abends saß die Mutter mit den Kindern um den Tisch. Der kleine Karl, dem es bei den Schularbeiten der älteren sehr langweilig wurde, wiederholte eben zum sechsten Mal: »Wenn wir nur ein solches Schäfchen...«, da auf einmal machte der Vater die Tür weit auf und herein sprang ein wirkliches, lebendiges Schäfchen.

Das Tierchen war mit krauser, schneeweißer Wolle bedeckt und so niedlich anzusehen, wie die Kinder noch keines gesehen hatten. Jetzt erhob sich ein solcher Freudenlärm, ein solches Gepolter in der Stube, dass man kein Wort mehr verstehen konnte. Das Schäfchen schoss suchend und blökend von einem Winkel in den anderen, weil es keinen Ausweg fand, und alle drei Kinder rannten mit Freudengeschrei hinter ihm her. Aber mit einem Mal ertönte die laute Stimme des Vaters: »So, nun ist's genug! Nun kommt fürs Erste das kleine Schaf in seinen nagelneuen Stall, und ihr kommt her und hört zu, was ich euch zu sagen habe.« Die Kinder durften erst ihr Schäfchen hinausbegleiten. Es wunderte sie auch sehr, wo der neue Stall für das Tierchen wäre und wie er aussähe.

Richtig, aus ganz neuen Brettern war eine kleine Abteilung weit hinten im Pferdestall errichtet worden, und schönes, weiches Stroh lag darin, worauf das Schäfchen schlafen konnte. Auch eine kleine Krippe war darin, da schüttete man dem Tierlein Gras und Heu und andere gute Sachen hinein, die ihm wohl schmeckten. Als nun das Schäfchen gut auf sein Stroh gebettet war und ganz stilllag, nur noch ein wenig ängstlich atmete, da sagte der Vater, nun müsse es schlafen. Er machte das niedrige Türchen zu und winkte den Kindern, ihm zu folgen.

Drinnen in der Stube setzte er sich, stellte die drei Kinder vor sich hin, hob den Zeigefinger in die Höhe und sagte ernsthaft: »Jetzt hört

mir gut zu. Ich habe das kleine Schaf von seiner Mutter weggenommen, um es euch zu schenken. Nun sollt ihr ihm die Mutter ersetzen, es sorgfältig hüten und pflegen, dass es sich bei euch wohlfühlt und es nicht vor Heimweh sterben muss. Ihr dürft es in jeder freien Stunde herausnehmen, mit ihm spielen und spazieren gehen. Ihr könnt es auf die Weide hinauf führen, da kann es sich sein Gras selbst suchen. Ihr könnt gehen mit ihm, wohin ihr wollt.
Aber niemals dürft ihr das Tierchen allein lassen, keinen Augenblick es ist noch zu klein, um sich zurechtzufinden, es wurde sich gleich verlaufen, fände seinen Stall nicht mehr und könnte elend zugrunde gehen. Wer es aus dem Stall holt, der behütet es, bis er es wieder an seinen Ort zurückgebracht hat. Habt ihr mich gut verstanden und wollt ihr das Schäfchen so sorgfältig pflegen, wie ich es euch gesagt habe. Oder wollt ihr lieber nicht, so sagt es, dann bringe ich es noch heute zu seiner Mutter zurück.«
Die Kinder schrien alle drei auf, der Vater solle ihnen das Schäfchen lassen. Um keinen Preis wollten sie es wieder hergeben. Sie versprachen alle drei von Herzen und mit dem ganzen Willen, das Schäfchen zu hüten und zu pflegen, wie der Vater es verlangte, und nie einen Augenblick das Tierlein allein stehen oder laufen zu lassen. Jedes versicherte, es selbst wolle jedes Mal das Schäfchen wieder in den Stall zurückbringen, wenn es Zeit sei, denn das sei ihm die größte Freude.
Aber der Vater sagte, das wäre eine unsichere Sache, es müsse bestimmt so sein, wer das Schäfchen herausgeholt, der bringe es wieder hinein, und dabei sollte es bleiben. Noch einmal versprachen die Kinder, genau nach des Vaters Vorschrift zu handeln, und sie gaben alle drei dem Vater die Hand darauf. Alle drei waren so voller Entzücken über die Aussicht, für immer ein eigenes, lebendiges Schäfchen zu haben, dass sie am Abend lange Zeit keinen Schlaf finden konnten. Sogar der kleine, sonst so schlafbedürftige Karl saß ganz aufgeregt in seinem Bett und rief immer wieder zu Kurt hinüber: »Der Papa soll schon sehen, dass das Schäfchen bei uns nicht zugrunde geht, ich will schon sorgen dafür.«

3. Kapitel

Ehrlich währt am längsten

Eine Hauptfrage war am folgenden Tag, wie das Schäfchen genannt werden sollte. Lissa schlug vor, ihm den Namen »Eulalia« zu geben. Denn so hieß die Katze ihrer Freundin, und der Name war ihr besonders großartig erschienen. Aber die Brüder wollten nichts davon wissen, der Name war ihnen zu ausgefallen. Kurt schlug den Namen »Nero« vor, wie der ungeheure Hund unten in der Mühle hieß, den er bewunderte. Aber Lissa und Karl wollten nicht, dass das Schäfchen so heißen sollte wie der böse Hund mit der breiten Schnauze. Nun wurde die Mutter gefragt, und sie schlug vor, das Tierchen nach seinem eigenen Aussehen »Krausköpfchen«, zu nennen.
Auf diesen Namen einigten sich die Kinder gleich, und so hieß es von nun an. Die Freude an dem weißen, niedlichen Krausköpfchen ging allen Dreien über alle anderen Freuden und Vergnügungen. In jedem freien Augenblick wurde es aus seinem Stall geholt und herumgeführt, dahin und dorthin.
Einmal zogen die Kinder alle drei miteinander aus und führten das Krausköpfchen zur Weide hinauf oder zu dem Wäldchen und ließen sich dort mit ihm nieder. Während Lissa auf der Bank saß und das Tierlein seinen Kopf vertraulich ihr auf den Schoß legte, liefen Kurt und Karl zu dem nahen Kleeacker hinüber und holten die schönen, würzigen Blättchen herbei. Die fraß dann das Krausköpfchen mit großem Vergnügen einem nach dem anderen aus der Hand und blökte zwischendurch ganz fröhlich dazu.
Ein andermal holte sich eins von den Kindern das Schäfchen auch allein aus dem Stall und nahm es mit sich, wenn etwa ein Auftrag ausgerichtet werden musste unten in der Mühle oder beim Bäcker oder bei der alten Waschfrau. Dann wanderte das Schäfchen immer fröhlich an der Seite seines Führers mit. Und es war, als ob es ganz gut die Gespräche verstehe, die Kurt und Lissa und ganz besonders sein großer Freund Karl mit ihm führten.
Es antwortete dann von Zeit zu Zeit mit einem ganz zustimmenden, fröhlichen Blöken und schaute dazu den Begleiter verständnisvoll an. Es bestand kein Zweifel, das Krausköpfchen nahm immer den lebhaftesten Anteil an dem Gespräch. Täglich wurde es auch zutraulicher und zärtlicher zu den Kindern. Jetzt schmiegte es sich immer

an dasjenige, das es aus dem Stall holte, so als käme seine eigene Mutter. Die Kinder liebten es auch täglich noch mehr und pflegten und hüteten es. Sie brachten es nach den Gängen und luftigen Unterhaltungen immer wieder in sein kleines Häuschen im Stall auf das schöne Strohlager zurück.

Das Krausköpfchen gedieh bei der vortrefflichen Pflege so gut, dass es jetzt kugelrund geworden war und mit seinen schneeweißen Wollelöckchen so sauber und zierlich aussah, als wäre es immer im Sonntagsröckchen.

So ging der schöne, sonnige Herbst zu Ende, und der November war so schnell gekommen, wie die Kinder es noch nie erlebt hatten. Jetzt konnte man ja schon von Weihnachten sprechen, denn schon im folgenden Monat musste ja das Fest kommen. Kurt und Karl konnten gut die Freuden der Gegenwart mit den Hoffnungen auf die Zukunft vereinen und zu einem doppelten Genuss verbinden. So freuten sie sich über ihr Krausköpfchen, und auf jedem ihrer Gänge erzählten sie ihm von all den Herrlichkeiten, die das Weihnachtsfest mit sich bringen werde, sie zählten ihm alle die Gegenstände auf, die sie heimlich vom Christkind erwarteten.

Das Krausköpfchen hörte dann immer ganz aufmerksam zu, und die Brüder deuteten an, dass es gewiss auch seinen Teil von den Festgeschenken erhalten werde. So genossen sie meistens alle drei zusammen diese herrlichen Aussichten und wurden dadurch täglich noch vertrauter miteinander.

Lissa war ein wenig andersgeartet. Wenn eine neue große Freude in Aussicht stand, wurde sie fieberhaft davon ergriffen, und alle ihre Gedanken wurden dann so davon erfüllt, dass die alten Freuden ein wenig in den Hintergrund kamen. Nun hatte Lissa eine besonders gute Freundin in dem großen Bauernhaus auf dem Weg zum Zillerbach hinunter. Die freundliche Marie ging immer mit Bereitwilligkeit auf alle Ideen der Lissa ein. Diese Freundin wollte Lissa jetzt so gern einmal besuchen, denn mit ihr konnte sie ganz anders ihre Hoffnungen und Aussichten auf das Weihnachtsfest besprechen, als mit den Brüdern. Diese hatten so ganz andere Wünsche und verstanden die ihrigen nicht so ganz.

Die Mutter erlaubte den Besuch, und am ersten freien Nachmittag durfte sich Lissa auf den Weg machen. Kaum hatte sie Geduld genug, stillzuhalten, als die Mutter ihr noch ein warmes Tuch umband, das der kalte Novemberwind wohl nötig machte. Dann rannte sie in großen Sprüngen davon, und die Mutter schaute dem Kinde noch nach, bis es halbwegs den Hügel hinab war. Dann trat sie wieder ins Haus hinein.

In dem Augenblick kam der Lissa in den Sinn, dass der Weg doch ziemlich lang sei und es eigentlich lustiger wäre, das Krausköpfchen zur Gesellschaft mitzunehmen. Hoffentlich hatten es die Brüder nicht schon fortgenommen. Eilig kehrte sie wieder um, rannte zu dem Stall und fand das Krausköpfchen ruhig auf seinem Stroh liegen. Sie nahm es schnell hinaus und lief nun mit ihm den trockenen Weg hinunter, auf dem die bunten Herbstblätter rings um sie im Winde flogen.

In kurzer Zeit waren sie am Ziel ihrer Reise angekommen. Bald spazierte Lissa mit ihrer Freundin, in tiefe Gespräche versunken, auf dem sonnigen Platz vor dem Haus hin und her, während das Krausköpfchen vergnügt an der Hecke nagte, die den Garten umschloss. Auch die Freundinnen erfrischten sich zwischen den langen Gesprächen an den süßen Birnen und den saftigen roten Äpfeln. Die waren reichlich vorhanden, denn die Mutter der Marie hatte einen großen Korb voll der Früchte herausgebracht. Und was die Kinder nicht essen mochten, sollte Lissa mitnehmen. So war es immer gewesen, denn auf dem Hof wuchsen schöne Äpfel und Birnen in Fülle.

Als es nun Zeit für Lissa war, heimzukehren, machte sich die Freundin auch auf den Weg, um sie zu begleiten. Sie hatten sich immer noch so viel zu sagen, dass sie an der letzten kleinen Steigung zu Lissas Vaterhaus hinauf angekommen waren, sie wussten gar nicht wie. Marie verabschiedete sich schnell und Lissa eilte den Weg hinauf. Es war schon dunkel geworden. Jetzt, beim Haus angelangt, fuhr es ihr wie ein lähmender Blitz durch den Sinn: »Wo ist das Krausköpfchen?« Sie wusste ja, sie hatte es mitgenommen, dann noch an der Hecke grasen gesehen. Dann hatte sie es ganz und gar vergessen und nicht mehr nach ihm geschaut. Im furchtbarsten Schrecken lief sie wieder den Berg hinunter, rief nach allen Seiten: »Krausköpfchen! Krausköpfchen! Wo bist du?« Aber alles blieb still, das Krausköpfchen war nirgends zu sehen.

Lissa rannte bis zu dem Bauernhaus zurück. Es war schon Licht in den Fenstern der Wohnstube, sie konnte von den steinernen Stufen am Haus gut hineingehen. Sie saßen alle am Tisch drinnen beim

Abendessen, Vater und Mutter und Marie, ihre Brüder und die Knechte, und auf der Ofenbank lag die alte Katze. Aber nirgends war eine Spur vom Krausköpfchen zu sehen, wie sehr Lissa auch in alle Winkel hineinspähte.

Jetzt lief Lissa ums Haus herum, in den Garten hinein, um die ganze Hecke herum und wieder in den Garten. Und dort rannte sie innen an der Hecke entlang und rief: »Krausköpfchen, komm doch! O komm doch!« Alles war vergebens. Von dem Schäfchen war weder eine Spur zu sehen noch zu hören. Lissas Angst wurde immer größer. Es wurde immer dunkler, und der Wind heulte immer lauter und blies sie fast vom Boden weg. Sie musste heimkehren. Was sollte sie tun? Sie durfte nicht sagen, dass sie das Krausköpfchen verloren, weil sie es vergessen hatte. Doch der Mutter wollte sie es sagen.

Sie lief, so schnell sie konnte, den Berg hinauf. Zuhause war schon alles zum Abendessen bereit, auch der Vater war schon da. Lissa kam in die Stube hereingerannt, so rot und heiß und zerzaust, dass die Mutter sagte: »So kannst du nicht zu Tisch kommen, Kind. Geh, mach dich erst zurecht.« Und der Vater fügte hinzu: »So spät sollst du überhaupt nicht heimkommen. Nun verschwinde und komm bald wieder, oder es gibt nichts zu essen.« Lissa gehorchte schnell. Das Essen war ihr egal, viel lieber wäre sie gar nicht mehr hereingekommen, aber das ging nicht.

Sie kehrte niedergeschlagen an ihren Platz zurück. Sie hatte eine furchtbare Angst, was nun weiter für Bemerkungen und Fragen kommen werden. Aber bevor noch irgendjemand ein Wort an sie richten konnte, wurde die Aufmerksamkeit der sämtlichen Familienglieder von einem neuen Ereignis in Anspruch genommen.

Hans, der Knecht, steckte seinen Kopf zur Tür herein und sagte: »Mit Verlaub, Herr Oberamtmann, die Kinder sind doch alle zuhause, wie die Trine sagt, und das kleine Schaf ist noch nicht im Stall.«

»Was?« fuhr der Oberamtmann auf. »Da haben wir's! Wer hat's herausgenommen? Wer hat es getan?«

»Ich nicht!« – »Ich nicht!« – »Ich gewiss nicht!« – »Ich auch nicht!« schrien Kurt und Karl so laut durcheinander, dass man gar nicht hören konnte, ob Lissa schwieg oder auch rief. Die Mutter sagte besänftigend: »Nur nicht so stürmisch. Lissa kann es gewiss nicht sein. Schon nachmittags ist sie allein zu ihrer Freundin Marie gelaufen und vor wenigen Augenblicken erst ist sie zurückgekehrt.«

»So ist es doch einer von euch zweien«, sagte der Vater und warf einen durchdringenden Blick auf die beiden Jungen.
Es tönte ihm ein ungeheuerliches Geschrei als Antwort entgegen: »Ich nicht!« – »Ich nicht!« – »Ich sicher nicht!« Und beide sahen mit so ehrlichen Augen zu dem Vater auf, sodass er gleich ausrief: »Nein, nein, die sind es nicht. So muss der Hans die Stalltür offen gelassen haben, als das Schaf drinnen war, und es muss in dem Augenblick entlaufen sein. Es kommt mir aber so unwahrscheinlich vor, ich muss einmal nachsehen.«
Der Vater verließ das Zimmer, um sich draußen im Stall umzusehen. Als nun die Aufregung des Anklagens und der Verteidigung vorüber war, legte Karl plötzlich seinen Kopf auf den Arm und schluchzte laut auf: »Nun ist das Krausköpfchen verloren! Nun können wir es nicht mehr haben! Nun muss es im Elend umkommen!«
Jetzt begann auch Kurt zu weinen und rief: »Ja, nun wird es immer kälter, und es hat nichts zu essen und muss frieren und im Elend umkommen.« Und noch ärger als die beiden fing nun Lissa zu weinen und zu stöhnen an. Sie sagte kein Wort, aber man konnte gut hören, wie viel schmerzlicher und tiefer noch ihr Jammer war, als der ihrer Brüder. Und Lissa musste wohl wissen, warum.
Auch als nachher Kurt und Karl längst auf ihren Kissen eingeschlafen waren und fröhliche Träume vom Krausköpfchen hatten, lag Lissa noch voller Unruhe in ihrem Bett und konnte keinen Schlaf finden. Nicht nur das Mitleid mit dem Schäfchen, das jetzt ängstlich und verlassen draußen in der Nacht herumirrte, quälte sie. Aber sie hatte es ja selbst verschuldet und dazu hatte sie dies noch verschwiegen, obwohl sie es hätte gestehen sollen.
Lissa hatte nicht mitgerufen: »Ich nicht! Ich nicht!« Aber sie hatte ja geschwiegen, als die Mutter so zuversichtlich sagte: »Lissa kann es nicht sein«. Und das Kind fühlte, dass es mit seinem Schweigen dasselbe Unrecht getan hatte, als wenn es eine Unwahrheit gesagt hätte. Lissa war ganz unglücklich und konnte keinen Trost und keine Ruhe finden, bis sie sich vornahm, morgen alles der Mutter zu sagen. Vielleicht konnte dann das Krausköpfchen doch noch gefunden werden.
Am folgenden Morgen war heller Sonnenschein, und es wurde gleich beim Frühstück ausgemacht, sobald die Schule aus wäre, wollten sich alle drei auf den Weg machen, um das Krausköpfchen zu suchen. Es musste doch irgendwo sein. Am Nachmittag wollten

sie dasselbe tun, und alle waren überzeugt, bis zum Abend musste das Schäfchen wiedergefunden sein. Die Mutter sagte den Kindern auch noch zum Trost, schon in aller Frühe habe der Vater den Hans ausgeschickt, um überall nach dem Tierchen zu suchen. Und alle waren voller Hoffnung, dass es wiedergefunden werde. Lissa war am glücklichsten über diese Aussichten und dachte, nun brauche sie ja nichts zu sagen, es komme wohl alles wieder in Ordnung.

Den ganzen Tag über wurde auf dem Rechberg nach dem Schäfchen gesucht und in allen Häusern nach ihm gefragt, aber das Krausköpfchen war wie vom Erdboden verschwunden. Kein Mensch hatte es gesehen, nirgends war auch nur eine Spur von ihm zu finden. Noch einige Tage lang wurde weiter gesucht und gefragt nach ihm, immer vergebens. Dann sagte der Oberamtmann, nun sei's genug, das helfe nichts mehr. Entweder sei das arme Tierlein schon nicht mehr am Leben, oder es sei woanders hingelaufen.

Wenige Tage später fiel der erste Schnee und so dicht und groß kamen die Flocken herunter, dass in kurzer Zeit der ganze Garten tief verschneit war. Sonst hatten die Kinder jedes Jahr ihre große Freude am ersten Schnee gehabt und immer lauter gejauchzt und gejubelt, je stärker die Flocken wirbelten.

Jetzt waren sie ganz still, und eines guckte da und eines dort durchs Fenster, und jedes musste im Stillen an das Krausköpfchen denken. Wenn es nun irgendwo unter dem kalten Schnee lag oder durchwaten wollte und nicht konnte. Und mit seiner wohlbekannten Stimme kläglich um Hilfe rief und kein Mensch es hörte und ihm beistand.

Am Abend kam der Vater herein und sagte: »Es gibt eine bitterkalte Nacht, der Schnee ist schon jetzt hart gefroren. Wenn das arme Tierlein noch irgendwo draußen und nicht schon tot ist, so geht es diese Nacht elend zugrunde. Hätt ich doch das arme Geschöpf nie nach Hause gebracht.«

Da brach Karl in ein so jämmerliches Geschrei aus, und Kurt und Lissa stimmten so herzbewegend ein, dass der Vater die Stube verließ und die Mutter nun zu trösten versuchte, wie sie konnte. Von da an sprach der Oberamtmann nie mehr von dem Schäfchen, und die Mutter erzählte den Kindern vom schönen Weihnachtsfest, wenn sie wieder um das Krausköpfchen jammerten. Sie sagte ihnen, dass das Christkind gekommen sei, um alle Herzen fröhlich zu machen, und

dass dieser Festtag nun bald komme und auch sie wieder fröhlich machen werde.
Wenn der mitleidige Karl aber an den kalten, dunklen Abenden wieder zu jammern begann: »Wenn das Krausköpfchen draußen nur nicht so frieren oder sich zu Tode zittern müsste«, dann tröstete die Mutter: »Sieh, Karl, der liebe Gott beschützt auch die kleinen Tierlein. Vielleicht hat er irgendwo dem Krausköpfchen ein warmes Bettchen bereitet und lässt es ihm gut gehen. Und wenn es nun auch nicht mehr bei uns ist und wir es pflegen können, so wollen wir uns doch nun zufriedengeben und das Krausköpfchen ganz dem lieben Gott überlassen.«
Kurt hörte auch aufmerksam zu, wenn die Mutter so den Karl tröstete, und so kam es, dass die Brüder nach und nach wieder ganz fröhlich wurden. Sie überließen das Krausköpfchen jetzt ganz dem lieben Gott und seiner Sorge und freuten sich nun jeden Tag mehr auf das schöne Weihnachtsfest.
Aber Lissa wurde nicht froh mit ihnen. Auf ihr lag es wie eine schwere Last, die sie ganz niederdrückte und sie nie, nie mehr fröhlich werden lassen wollte. Des Nachts träumte ihr, sie sehe das Krausköpfchen halb verhungert und erfroren draußen im Schnee liegen und es schaue sie mit ganz traurigen Augen an und sage: »Du hast es getan.« Dann erwachte Lissa weinend und nachher, wenn sie mit den Brüdern lustig sein wollte, konnte sie nicht, denn sie musste immer denken: Wenn die beiden wüssten, dass sie es getan hätte, wie würden sie ihr Vorwürfe machen.
Dem Vater und der Mutter durfte sie nie mehr richtig in die Augen schauen, denn sie hatte ihnen ja verschwiegen, was sie hätte gestehen sollen. Und jetzt konnte sie es gar nicht mehr über die Lippen bringen, denn nun hatte sie die Eltern so lange glauben lassen, sie wisse nichts von der Sache.
So hatte Lissa keinen frohen Augenblick mehr, und mit jedem Tag sah sie trauriger aus. Und wenn Kurt und Karl zu ihr kamen und sagten: »Freu dich doch einmal, Lissa, nun kommt Weihnachten jeden Tag näher, und denk nur, was alles kommen kann«, dann kamen der Lissa Tränen in die Augen und halb weinend sagte sie: »Ich kann mich nicht mehr freuen, nie, nie mehr.«
Das kam dem mitleidigen Karl doch zu traurig vor, und er sagte ihr tröstend: »Siehst du, Lissa, wenn man gar nichts mehr machen kann,

dann überlässt man alles dem lieben Gott, und dann wird man wieder fröhlich, wenn man nur nichts Böses getan hat. Die Mama hat's gesagt.« Dann fing aber Lissa erst recht zu weinen an, sodass es dem Karl angst und bang wurde und er auf und davon lief. Auch Kurt rannte davon, denn ihm kam es unheimlich vor, dass sich die lustige Lissa so verändert hatte.

Auch der Mutter war Lissas verändertes Wesen nicht entgangen. Oft beobachtete sie lange das Kind im Stillen, aber sie fragte nie nach Lissas Kummer.

4. Kapitel
Was der liebe Gott schenkt

Der November ging dem Ende zu. Der Schnee war noch viel höher geworden, und mit jedem Tag wurde jetzt die Kälte grimmiger. Die Großmutter in Altkirch zog an ihrer dünnen Bettdecke hin und her, sie konnte fast nicht mehr warm werden darunter. Die Stube war auch so kalt, denn da war nur ein sehr geringer Holzvorrat und in diesem tiefen Schnee konnte ja kein Zweig gefunden werden. Kaffee wurde nur selten gekocht, und die Bohnen mussten nun immer mit den Steinen zerrieben werden. Die Mühle war für immer unbrauchbar, und Geld zu einer neuen war keines da. Die arme Großmutter hatte viel zu klagen und zu jammern. Der Großvater saß meistens auf der Ofenbank, versuchte die Jammernde zu beschwichtigen und flocht seine kleinen Weidenkörbe.

Solange es geschneit hatte und der tiefe Schnee weich geblieben war, hatte der Großvater seine Körbe selbst zum Käsehändler hinauftragen müssen. Denn wenn er die Kinder geschickt hätte, so wären sie im Schnee stecken geblieben. Es gab keinen geräumten Weg den Berg hinauf. Sogar der Großvater hatte Mühe durchzukommen, so tief sank er manchmal in die Schneehaufen.

Aber jetzt war der Himmel hell geworden, und die hohen Schneefelder waren weit und breit so hart zugefroren, dass man darüber gehen konnte, wie über eine feste Straße. Nicht einmal unter den schweren Männern krachte das Eis. Nun konnten die Kinder wieder auf die Wanderung geschickt werden. Das Stanzeli band sich ein Tuch um, und der Seppli setzte die wollene Kappe auf, dann zogen sie aus, jedes sein Bündel Körbchen am Arm.

Als sie nach einer guten halben Stunde an die Kapelle kamen, legte das Stanzeli seine Körbe hin und nahm den Seppli an der Hand, um hineinzutreten. Aber der Seppli war einmal wieder störrisch. »Ich komme nicht, ich will jetzt nicht beten, es friert mich an den Fingern«, behauptete er und stemmte seine Füße in den Boden, damit ihn das Stanzeli nicht hineinziehen konnte. Aber es bat und zog ihn und erinnerte ihn daran, was der Pater Klemens gesagt hatte. Sie hatte Angst, dass der Seppli sie beide ins Unglück stürzen könnte. Das Stanzeli hatte schon so viel von Jammer und Elend gehört, dass es ihm als ein großes Glück und ein Trost erschien, sich hinknieen und zu einem Vater im Himmel beten zu dürfen, der allen armen Menschen helfen will.

Seppli gab endlich nach, und sie traten in die stille Kapelle. Das Stanzeli sagte leise und andächtig sein Gebet. Auf einmal ertönte ein sonderbarer Klagelaut durch die große Stille. Ein wenig erschrocken wandte sich das Stanzeli zu Seppli um und sagte leise: »Mach nicht so etwas in der Kapelle, du musst still sein.« Ebenso leise, aber grimmig antwortete Seppli: »Ich mache nichts, du warst es.«

In diesem Augenblick ertönte der Klagelaut wieder, aber lauter. Der Seppli schaute forschend auf den Altar. Auf einmal packte er das Stanzeli am Arm und zog es mit solcher Macht von seiner Bank auf und dem Altar zu, dass es nicht anders als folgen konnte. Hier, am Fuß des Altars, halb bedeckt von der Altardecke, unter die es sich verkrochen hatte, lag ein weißes Schäfchen, zitternd und bebend vor Kälte. Es streckte seine dünnen Beinchen so von sich, als ob es vor Mattigkeit keine Bewegung mehr machen könne.

»Das ist ein Schaf. Jetzt haben wir einmal etwas geschenkt bekommen, das man sehen kann«, erklärte der Seppli erfreut.

Das Stanzeli schaute mit großer Verwunderung auf das Tierchen. Auch ihm waren gleich die Worte des Pater Klemens in den Sinn gekommen, und es glaubte, dass der liebe Gott, der jedem Betenden etwas schenkt, ihnen heute das Schäflein geschickt habe. Nur dass es so matt und wie halbtot dalag, war dem Stanzeli nicht recht begreiflich. Es fing an, das Tierchen zu streicheln, um ihm zu zeigen, dass es sich nicht fürchten müsse. Aber dieses regte sich kaum, und nur von Zeit zu Zeit ließ es einen ganz wehmütigen Klageton hören.

»Wir wollen heim mit ihm und ihm einen Erdapfel geben, es hat Hunger«, sagte der Seppli, denn er kannte nur dieses Übel, das ihn auch schon öfter zu Klagetönen gebracht hatte.

»Was meinst du denn, Seppli? Wir müssen ja zum Käsehändler hinauf«, erinnerte das gewissenhafte Stanzeli. »Aber so allein können wir es auch nicht hier lassen«, und nachdenklich schaute das Kind auf das unruhig atmende Tierchen. »Jetzt weiß ich etwas«, fuhr Stanzeli nach einigem Nachdenken fort, »so kann man es machen. Du hütest das Schäflein hier, und ich laufe, so schnell ich kann, zum Käsehändler hinauf und komme wieder, und dann gehen wir heim.« Der Seppli war mit dem Vorschlag sehr zufrieden, und sofort lief das Stanzeli davon. Wie ein leichtes Reh rannte es das Schneefeld hinauf. Der Seppli setzte sich auf den Boden und betrachtete mit Wohlgefallen sein Geschenk. Das Schafchen war von so schöner dicker Wolle bedeckt, dass der frierende Seppli Lust bekam, seine kalte Hand da hineinzustecken. Sie wurde bald so schön warm, dass er schnell auch die andere hineinsteckte. Nun rückte er ganz nah an das Tierchen heran, und es war wie ein kleiner Ofen für ihn. Denn wenn es auch selbst vor Kälte zitterte, so war doch sein Wollpelz für den Seppli ein herrliches Wärmemittel.

In kaum einer halben Stunde kam das Stanzeli wieder herbeigerannt, und nun wollten die Kinder ihr Geschenk in Freude dem Großvater und der Großmutter heimbringen. Aber vergeblich versuchten sie, das Schäfchen auf seine Beine zu stellen. Es war so schwach, dass es gleich wieder hinfiel, wenn sie es wenig aufgerichtet hatten, und dann ganz kläglich wimmerte.

»Man muss es tragen«, sagte das Stanzeli, »aber es ist mir zu schwer, du musst mir helfen.« Und es zeigte dem Seppli, wie er anfassen müsse, dass es dem Schäflein nicht wehe tue, und so trugen sie es miteinander fort. Es ging freilich ein wenig langsam, denn es war ziemlich unbequem, so zu zweit mit der Last zu gehen. Aber die Kinder waren so erfreut über ihr Geschenk, dass sie nicht nachgaben, bis sie bei ihrer Hütte ankamen und nun mit der Überraschung in die Stube hineinstürzen konnten.

»Wir haben ein Schaf bekommen, ein lebendiges Schaf mit ganz warmer Wolle«, schrie der Seppli schon vor der Tür, und als sie nun ganz in der Stube waren, legten die Kinder das Schäfchen neben den erstaunten Großvater auf die Ofenbank. Dann fing auch das Stanzeli

an und erzählte, wie alles gegangen sei und wie das eingetreten wäre, was der Pater Klemens schon immer gesagt habe. Dass der liebe Gott einem jedes Mal etwas schenke, wenn man betet, nur könne man es nicht immer gleich sehen.
»Aber heute kann man es sehen«, sagte der Seppli erfreut.
Der Großvater schaute die Großmutter an, was sie dazu meinte, und sie sah wieder ihn an und sprach: »Was sagst du denn dazu, Joseph? Sag auch ein Wort.«
Nach einigem Nachdenken sagte dann der Großvater: »Man muss jetzt zum Pater Klemens hinaufgehen und muss ihn fragen, wie das gemeint sei. Ich will, denke ich, selber gehen.« Damit erhob er sich von seinem Sitz, setzte die alte Pelzkappe auf und ging.
Der Pater Klemens kam mit dem Großvater zurück. Nachdem er die Großmutter begrüßt und ihr ein paar gute Worte gesagt hatte, setzte er sich neben das todesmatte Schäfchen und betrachtete es. Dann nahm er das Stanzeli und den Seppli bei den Händen und sagte freundlich: »Seht, Kinder, so ist's. Wenn ein Mensch betet, so schenkt ihm der liebe Gott ein fröhliches und zuversichtliches Herz, und das ist eine schöne Gabe. Und dazu kommen dann noch viele andere gute Gaben. Das Schäflein hier aber hat sich verirrt. Es wird wohl von der großen Herde sein, die noch spät im Herbst einmal durchzog, und der Hirt wird es schon suchen. Es muss schon lange entlaufen sein, denn es ist ganz ausgehungert und fast tot. Vielleicht bringen wir es nicht einmal mehr recht zum Leben. Zuerst muss man ihm ein wenig warme Milch geben und dann zusehen, womit man es noch füttern kann.«
Der gute Pater hatte bei den letzten Worten das Schäfchen etwas aufgehoben und ihm mitleidig die Hand unter das Köpfchen gelegt. Jetzt sagte der Großvater zaghaft: »Wir wollen tun, was wir können. Stanzeli, geh und sieh nach, ob noch ein Tropfen Milch da ist.«
Aber der Pater Klemens verbot dem Stanzeli hinauszugehen und sagte: »Ich meine es nicht so. Wenn es euch recht ist, so nehme ich das Schäfchen zu mir, es hat Platz bei mir und ich kann es pflegen.«
Das war eine große Erleichterung für die beiden Alten, denn das Schäflein verhungern lassen, wollten sie ja nicht. Aber wo etwas hernehmen, um es zu füttern, wenn sie selbst kaum etwas hatten.

Jetzt nahm Pater Klemens das matte Tierchen auf seinen Arm und wanderte so mit ihm dem alten Kloster zu. Der Seppli guckte ihm lange nach und knurrte ein wenig.

Nach ein paar Tagen sah der Großvater schon wieder den Pater Klemens auf sein Häuschen zukommen und verwundert sagte er zur Großmutter: »Was meinst du, warum kommt der gute Vater schon wieder zu uns?«

»Das Schaf wird wohl umgekommen sein, und jetzt will er es uns sagen, dass wir nicht etwa vom Hirten vergebens einen Finderlohn erwarten«, meinte die Großmutter.

Pater Klemens trat ein. Man konnte ihm ansehen, dass er keine frohe Botschaft zu bringen hatte. Das Stanzeli und der Seppli kamen ihm gleich entgegengesprungen, um ihm die Hand zu geben. Er streichelte beide freundlich, dann sagte er leise zum Großvater: »Es wäre mir recht, wenn Ihr die Kinder ein wenig fortschicken würdet, ich habe mit Euch zu reden.«

Dem Großvater wurde es ein wenig bang zumute, und er dachte bei sich: »Wenn ich nur wenigstens die Großmutter ein wenig ablenken könnte, dass sie's nicht hört, wenn etwas Schlimmes berichtet werden muss.« Er gab nun dem Stanzeli die zinnerne Flasche in den Arm und sagte: »Geh mit dem Seppli und hol die Milch, und wenn es noch ein wenig zu früh ist, so könnt ihr oben beim Bauer warten, es ist warm im Kuhstall.«

Als die Kinder fort waren, rückte der Pater seinen Stuhl näher zum Bett der Großmutter und sagte: »Kommt auch ein wenig näher, Joseph, ich muss euch beiden etwas mitteilen, ich tue es aber ungern. Der Sepp hat etwas angestellt.«

Kaum war dieses Wort ausgesprochen, so jammerte die Großmutter laut und rief: »Ach du mein Gott, dass ich das noch erleben muss! Das war noch meine letzte Hoffnung, dass der Sepp noch einmal heimkommt und uns beisteht in unseren alten Tagen, und nun ist alles aus. Vielleicht müssen wir auch noch eine große Schande auf uns nehmen und haben doch ehrlich und redlich gelebt bis ins hohe Alter. Ach wie gern wollte ich auch über nichts mehr jammern und ohne Murren auf meinem harten Bett liegen und mein Leben lang keinen rechten Schluck Kaffee mehr bekommen, wenn nur das nicht sein müsste mit dem Sepp! Ach, wenn er nur nicht sich und uns ins Unglück und in die Schande hineingebracht hätte!«

Auch der Großvater saß sehr erschrocken und niedergeschlagen da.
»Was hat er gemacht, Vater?« fragte er zögernd.
Der Pater antwortete, er wisse noch gar nicht, was es sei. Er habe nur erfahren, der Sepp habe drüben über dem Zillerbach etwas angestellt, und er habe es jetzt mit dem Herrn Oberamtmann auf dem Rechberg zu tun, der werde ihn wohl einsperren lassen.
»Ach, du mein Gott, dort drüben hat er's getan?« jammerte die Großmutter aufs Neue. »Ach, wie wird es dem ergehen! Den werden sie gewiss scharf bestrafen, schon weil er einen anderen Glauben hat.«
»Nein, nein, das müsst Ihr nicht denken, Großmutter«, unterbrach sie der Pater, »das ist nicht so. Der Herr Oberamtmann ist nicht ungerecht, und was den Glauben anbetrifft, so hat er keine Vorurteile. Ich habe ihn selbst mehr als einmal sagen hören: ›Ein frommer und gottesfürchtiger Mensch auf dieser Seite vom Zillerbach und ein solcher auf der anderen Seite, die beten beide zu demselben Vater im Himmel. Das Gebet des einen ist diesem ebenso lieb wie das des anderen.‹ Den Herrn Oberamtmann drüben kenne ich schon seit vielen Jahren. Und ich kann Euch auch sagen, dass ich schon viele hundert Male in langen Gesprächen mit ihm und seiner Frau zusammengesessen bin. Wir haben uns so gut verstanden, dass es uns immer ganz wohl geworden ist dabei, sodass es mich oft hinüberzieht, wenn ich lang nicht dort gewesen bin. Jetzt habe ich auch vor, bald wieder hinüberzugehen und zu sehen, wie es mit dem Sepp steht. Vielleicht kann ich ein gutes Wort für ihn bei dem Herrn Oberamtmann einlegen.«
Über dieses Vorhaben waren die beiden Alten sehr froh und dankbar, aber die Großmutter sagte wieder klagend: »Wenn ich es nur nicht verschuldet habe, dass es jetzt so bös mit uns kommen muss, weil ich so viel gejammert und geklagt habe über die geringen Dinge. Ich will es aber gewiss nicht mehr tun und geduldig sein, Pater Klemens. Was meint Ihr, wird auch unser Vater im Himmel meine Buße annehmen und mich nicht so hart strafen?«
Der Pater tröstete die Großmutter noch und ermahnte sie, bei ihrem guten Vorsatz zu bleiben. Dann stand er auf und versprach ihr, wiederzukommen, sobald er auf dem Rechberg gewesen sei und von Sepp berichten könne.

Der Großvater begleitete den Pater bis vors Haus, da fragte er: »Und wie ist's mit dem kleinen Schaf? Lebt's noch oder ist's umgekommen?«

»Nichts, nichts von Umkommen«, antwortete fröhlich Pater Klemens, »rund und voll wird's und schon macht's wieder lustige Sprünge. Und ein so zutrauliches Tierlein ist's, dass es mir leidtun wird, es herzugeben, wenn einmal der Hirt vorbeikommt. Ich habe ihn benachrichtigt, dass das Schäflein bei mir sei. So wird er's wohl dort lassen, bis er in die Gegend kommt. Und nun behüt' Euch Gott!« Der Pater schüttelte dem Großvater die Hand und ging eilend davon, denn er hatte noch andere Kranke zu trösten, die sehnsüchtig auf ihn warteten: War doch in ganz Altkirch und noch weit darüber hinaus der gute Pater Klemens der Tröster aller Armen und Kranken.

5. Kapitel

Der Weihnachtsabend

Der lang ersehnte Weihnachtstag war gekommen. Vom frühen Morgen an waren Kurt und Karl im Fieber der Erwartung von einem Zimmer ins andere und die Treppe hinauf und wieder herunter gewandert. Nirgends konnten sie länger bleiben, denn das überwältigende Gefühl des nahenden Glücks trieb sie immer wieder umher. Bei der ständigen Bewegung hatten sie die Empfindung, als könnten sie dem Abend ein wenig schneller entgegengehen.

Lissa saß ganz still in einem Winkel und reagierte kaum, wenn die Brüder zu ihr kamen und sie in ihre hochfliegenden Hoffnungsgedanken hineinziehen wollten. Einen solchen Weihnachtstag hatte Lissa noch nicht erlebt. Wie war sie sonst voll freudiger Unruhe und brennendster Erwartung auf den Abend gewesen. Wie war sie voller Glück und Wonne, dass sie nichts Herrlicheres kannte als diese Stunden der Erwartung und dann auf einmal die Erfüllung. Die Erfüllung all' der vielen, vielen Wünsche im strahlenden Lichterglanz. Jetzt saß sie da und wollte sich freuen, wie die Brüder. Aber es lag auf ihr wie eine erdrückende Last, die jedes Freudengefühl erstickte. Und wenn sie sich zwingen wollte, alles abzuwerfen und zu vergessen und sich doch auf den Abend zu freuen wie früher, so war es ihr, als höre sie auf einmal jemand kommen. Der erzählte, dass er das

Krausköpfchen tot gefunden hätte und wüsste, dass sie es verloren und vergessen hatte, und er wollte es dem Vater sagen. Dann kroch sie noch tiefer in die Ecke hinein, mit der Freude war es ganz vorbei. Gegend Abend hatten Kurt und Karl endlich einen Augenblick der Ruhe gefunden. Die Spannung, die nun ihren höchsten Punkt erreichte, hatte sie beide zusammen auf einen Schemel gebannt, wo sie vor ungeduldiger Erwartung nur noch leise Worte miteinander zu sprechen wagten.
»Was glaubst du von dem Krocketspiel mit den farbigen Kugeln?« flüsterte Karl. »Meinst du, dass das Christkind daran denkt?«
»Vielleicht«, antwortete Kurt leise, »aber weißt du was? Ich wollte noch viel lieber, es hätte an einen neuen Schlitten gedacht. Denn siehst du, der Wagen läuft nicht gut, und dann haben wir nur noch die Geiß. Und wenn die Lissa wieder einmal lustig wird, dann sollst du sehen, wie die Schlitten fahren will. Das kenne ich, und dann bekommen wir zwei die Geiß nie, und auf dem Wagen haben wir nicht einmal beide Platz.«
»Ja, aber dann die Festung. Weißt du, Kurt, wie oft wir schon gern eine Festung gehabt hätten?« fragte Karl. »Fast noch lieber wollten wir keinen Schlitten, meinst du nicht auch?«
»Ja schon«, sagte Kurt zögernd, denn ihm war schon wieder ein neuer Gedanke gekommen. »Oder wenn das Christkind einen Malkasten brächte und wir wieder die großen Soldatenbilderbogen malen könnten?«
»Oh, oh«, stöhnte Karl vor entzückter Erwartung.
Jetzt trat die Mutter ins Zimmer. »Kinder«, sagte sie und winkte mit dem Finger, »drüben sind die Lichter angezündet beim Klavier. Nun gehen wir, um ein Lied zu singen. Wo ist Lissa?«
In der Dämmerung hatte die Mutter nicht bemerkt, dass Lissa in der Ecke saß. Auch die Brüder hatten es nicht gewusst, denn sie hatte keinen Laut von sich gegeben. Jetzt trat sie hervor, und alle gingen hinüber zum Klavier. Da setzte sich die Mutter hin und spielte und sang vor. Kurt und Karl stimmten aus voller Kehle mit ein, und Lissa sang leise mit. Und als nun im Lied die Worte kamen:

>»Jesus ist größer, Jesus ist größer,
>Der unser traurig Herz erfreut«,

da sang der Karl sie so fröhlich schmetternd, dass man merken konnte, er hatte zur Zeit kein trauriges Herz. Aber die Lissa hatte erfahren, was das ist, ein trauriges Herz zu haben. Sie schluckte und schluckte und konnte nicht weiter singen. Als das Lied zu Ende gesungen war, stand die Mutter auf und sagte: »Nun bleibt ihr still zusammen hier, bis ich wiederkomme.« Aber Lissa lief ihr nach und rief kläglich: »Mama! Mama! Kann ich dich nicht etwas fragen?«
Die Mutter zog das Kind in ihre Schlafkammer hinein und fragte, was es wolle.
»Mama, kann der Herr Jesus alle, alle traurigen Herzen wieder fröhlich machen?« fragte Lissa verängstigt.
»Ja Kind, alle«, gab die Mutter zur Antwort, »alle, was auch auf ihnen liege. Nur das Kind kann er nicht fröhlich machen, das ein Unrecht begangen hat und es nicht gestehen will.«
Jetzt brach Lissa in lautes Weinen aus: »Ich will ja alles gestehen«, schluchzte sie auf, »ich will es ja sagen. Ich habe das Krausköpfchen doch noch mitgenommen und habe es dann vergessen und verloren, und dann habe ich es verschwiegen. Ich bin schuld, dass es verhungert und erfroren ist, und ich kann mich nicht mehr freuen, über gar nichts.«
Jetzt zog die Mutter Lissa liebevoll zu sich und sagte tröstend:
»Jetzt hast du erfahren, liebes Kind, wie ein Unrecht, das wir verschweigen, uns furchtbar unglücklich macht. Daran wirst du denken und es nie wieder tun wollen. Nun aber hast du es voller Reue bekannt, und nun kann und will der Heilige Christ in dein Herz einziehen und es wieder fröhlich machen. Denn heute will er alle Herzen ganz besonders erfreuen. Jetzt trockne deine Tränen ab, und dann geh zu den Brüdern hinüber, ich komme dir bald nach.«
Der Lissa war ein solches Gewicht vom Herzen genommen, und so leicht und frei fühlte sie sich, dass sie am liebsten über alle Berge gesprungen wäre. Erst jetzt stieg mit einem Mal und mit aller Macht das Bewusstsein in ihr auf, dass heute Weihnachten ist. Was kann heute noch alles geschehen? Es jubelte alles auf in ihr. Ein einziger Schatten stieg zwischendurch noch in ihrem Herzen auf – das Krausköpfchen. Wo mochte das verhungerte Krausköpfchen jetzt liegen?
Als Lissa in frohen Sprüngen zu den Brüdern herüberkam, mussten sie sich sehr wundern. Aber Karl sagte sofort: »Es ist gut, dass du

wieder so bist. Ich habe aber schon gedacht, zu Weihnachten würdest du dann wieder froh werden.«

Jetzt musste Lissa ihrer freudigen Erregung und ihren eben erst erwachten Hoffnungen ein wenig Luft machen. Aber als sie begann den Brüdern von Krausköpfchen zu erzählen, ertönte laut die Glocke des Hauses, und Karl rief schneeweiß vor Erregung: »Das Christkind!« In dem Augenblick machte die Mutter die Tür auf, und die Kinder stürzten hinüber.

Da strahlte und schimmerte und funkelte es ringsum, und vor wunderbarer Herrlichkeit konnte man erst gar nicht erkennen, was alles da war. Aber in der Mitte stand ein großer Tannenbaum mit hellen, strahlenden Lichtern, und rosige Engelchen und glänzende Sommervögel schwebten um die Kerzen. Rote Erdbeeren und schimmernde Kirschen und goldige Birnen und Äpfelchen hingen an allen Ästen, und in sprachlosem Entzücken liefen die Kinder hin und her um den Baum herum.

Aber mit einem Mal kam etwas hereingerannt, und plötzlich wurde Lissa fast umgeworfen. Sie stieß einen ungeheuren Freudenschrei aus. Wahrhaftig, da war das Krausköpfchen. Kugelrund und frisch stieß es an die Lissa und rieb sein Köpfchen an ihr und blökte laut auf vor Freude. Kurt und Karl stürzten hinzu und konnten fast nicht glauben, was sie sahen. Nicht verhungert, nicht erfroren, ganz lebendig und lustig war das Krausköpfchen wieder da. Sie erdrückten es fast vor Liebe und Freude.

Aber Karl hatte noch etwas gesehen. Er machte einen großen Sprung zur Seite. »Kurt, Kurt!« schrie er außer sich, »die Festung, die Festung!« Aber Kurt war schon auf die andere Seite gesprungen und rief zurück: »Komm hierher! Komm hierher! Da ist der neue Schlitten! Oh, der prachtvolle Schlitten!« Und als Karl zu ihm rannte, schrie er noch einmal auf. »Da steht der Malkasten! Oh, so viele Pinsel sind drinnen!«

Lissa drückte und liebkoste immer noch das Krausköpfchen, denn seine Rückkehr war für sie das liebste Geschenk. Wie konnte sie jetzt wieder fröhlich sein. Alles, alles war vorbei, was sie gequält hatte, alles war wieder gut. Wie war es nur möglich?

Auf einmal erblickte Lissa zwei Augen, ganz groß aufgesperrt, die starrten auf den strahlenden Baum in regungsloser Bewunderung. Das musste ja der Seppli sein. Lissa stand vom Boden auf, wo sie beim Krausköpfchen gekauert hatte. Richtig, da stand auch das Stanzeli neben dem Seppli und schaute mit staunenden Augen zu all den leuchtenden Herrlichkeiten auf.

Lissa ging zu den Kindern. »Bist du heute auf einmal zu mir gekommen, Stanzeli?« fragte sie. »Der Baum ist schön? Hast du gewusst, dass heute das Christkind kommen wird?«

»O nein! O nein!« sagte das Stanzeli ganz schüchtern und leise, »aber deine Mutter hat uns eingeladen. Erst heute hat der Pater Klemens gesagt, das Schäfchen gehöre euch, wir dürften es herüberbringen.«

»So habt ihr das Krausköpfchen gebracht? Aber woher denn, Stanzeli? Wo war es denn? Wie kann es nur so gesund sein und so aussehen?«

Jetzt trat die Mutter hinzu und sagte der Lissa, sie werde ihr alles erzählen. Nun aber solle sie die Kinder zu dem Tisch am Fenster hinüberführen, denn das Christkind habe auch an sie gedacht. Aber zuerst brachte kein Zureden den Seppli vom Fleck. Denn einen solchen leuchtenden Baum mit den lockenden, schimmernden wunderbaren Sachen an allen Ästen hatte er in seinem Leben noch nie gesehen. Er konnte seine Augen nicht mehr davon abwenden. Er machte keinen Schritt vorwärts, wie verlockend auch die Einladung klang.

Zuletzt sagte Lissa: »Komm nur, Seppli, du kannst dort beim Tisch auch den Baum sehen und dann noch dazu, was dir das Christkind gebracht hat.«

Jetzt bewegte sich der Seppli langsam und ohne vom Baum wegzusehen. Aber der Tisch bot ihm einen Anblick, den er nicht erwartet hatte. Auf einem Teller lag ein Lebkuchen, so groß, wie er noch nie einen gesehen hatte. Und ringsum lagen viele rote Äpfel und große Nüsse. Und daneben lag eine Schultasche, in der man alles tragen konnte, was man in der Schule brauchte, sodass man dann nie etwas verlor.

Und das Buch und die Tafel und die Griffel, die der Seppli zum Schulbeginn haben musste, lagen schon darin. Daneben lag noch eine ganz dicke Jacke für den Seppli, wie er in seinem Leben noch keine getragen hatte. Seit die Lissa gesagt hatte: »Das gehört dem Seppli«, stand er wie versteinert an dem Tisch und schaute einmal zu dem Stanzeli, ob es auch glaube, es sei wahr, und dann blickte er wieder auf seine Schätze.

Das Stanzeli konnte sein schönes, warmes Röckchen und die prächtig gefüllte Nähschachtel, die noch mit dem großen Lebkuchenteller daneben stand, auch nicht genug ansehen. Aber jetzt erschrak es sehr, denn der Herr Oberamtmann kam auf einmal mit einem Mann, der vorher mit dem Hans und der Trine bei der Tür gestanden hatte, zu ihm. Der Herr Oberamtmann sagte: »Da seht einmal hin, kennen werden Sie sie freilich nicht mehr.«
Dann ging er wieder weg.
Der Mann streckte seine Hand aus. »Gib mir die Hand, Stanzeli«, sagte er. Das Kind gehorchte und schaute mit seinen ernsthaften Augen fragend zu ihm auf.
»Stanzeli, Stanzeli«, sagte er jetzt ganz bewegt, »tu nicht so fremd zu mir. Du hast die gleichen Augen wie deine Mutter selig. Komm, sag ein Wort, Stanzeli, ich bin dein Vater, und du siehst mich genauso an wie sie.« Und er musste sich öfter die Augen wischen.
»Wir haben nur einen Großvater und dann noch eine Großmutter«, erklärte jetzt der Seppli, der allem zugesehen hatte.
»Nein, nein, Seppli, ihr habt auch einen Vater, der bin ich«, sagte der Vater und nahm jedes der Kinder bei einer Hand. »Ich will es euch gewiss jetzt zeigen, aber ihr müsst mich auch kennen. Stanzeli, du willst zu deinem Vater freundlich sein? Du bist ja genauso geworden, wie deine Mutter war.«
Der Mann musste ständig über seine Augen wischen.
»Ja, ich will schon«, sagte das Stanzeli zaghaft, »aber ich kenne Euch gar nicht.«
Der Oberamtmann hatte bis jetzt von der Seite auf die kleine Gruppe am Tisch hingeblickt. Nun trat er wieder hinzu. »Sepp«, sagte er ernsthaft, »ich weiß noch einen Vater und auch eine Mutter, denen es wehtut, dass der Sohn sie nicht mehr kennt. Und dass er kein gutes Wort und keinen dankbaren Gegendienst für sie hat, die ihm die eigenen Kinder so gut erhalten haben. Aber heute ist Weihnachten, heute sollen alle fröhlich werden. Geht, Sepp, spannt den Braunen in den Schlitten, Ihr sollt Eure Kinder heimfahren, das andere will ich Euch überlassen.«
»Vergelt's Gott dem Herrn Oberamtmann, vergelt's Gott alles tausendmal«, sagte der Sepp und konnte vor Rührung kaum sprechen.
»Der Herr Oberamtmann soll gewiss mit mir zufrieden sein, so ge-

wiss, wie ich wünsche, dass unser Herrgott meiner armen Seele gnädig sei.«

»Gut, Gut! Jetzt fahr zu, Sepp, und das dort kommt mit auf den Schlitten«, und der Oberamtmann deutete auf einen ungeheuren Ballen, der neben dem Tisch der Kinder lag. Der Sepp nahm ihn auf seine Schultern und ging.

Nun wurden alle die Gaben schön zusammengepackt, die dem Stanzeli und Seppli gehörten, und dann verabschiedeten sich die Kinder. Und es wurde ausgemacht, im Frühling sollten Seppli und Stanzeli am ersten schönen Sonntag wiederkommen, und dann würden auch einmal Lissa und ihre Brüder nach Altkirch gehen. Denn sie wollten so bald wie möglich den Pater Klemens mit dem Krausköpfchen besuchen, um ihm zu danken für seine gute Verpflegung. Nun nahm die Trine jedes der Kinder an eine Hand, um sie unten in den Schlitten zu setzen, und die Mutter rief ihr noch einmal nach: »Trine, packt die beiden gut in die große Schlittendecke ein, dass sie nicht frieren können.«

Drinnen unter dem Christbaum freuten die Kinder sich immer noch über die vielen wundervollen Gaben, die da ausgebreitet waren und vor allem immer wieder über das neu geschenkte, fröhlich blökende Krausköpfchen.

Als der kräftige Braune mit dem Schlitten von dem Haus des Oberamtmanns wegtrabte, kam über den mondbeschienenen Fußweg vom alten Kloster herunter der Pater Klemens gegangen. Er lächelte vergnügt vor sich hin, denn er dachte an den Besuch, den er vor zehn Tagen drüben auf dem Rechberg gemacht hatte. Da hatte sich gezeigt, dass es um den Sepp doch nicht so schlimm stand, wie zu befürchten war. Der Sepp war einem Meister fortgelaufen, der ihn übel behandelt hatte. Der Meister war aber ein reicher und angesehener Bauer und wollte sich so etwas nicht gefallen lassen.

Er verklagte den Sepp, und so kam die Sache vor den Oberamtmann. Aber der sagte, ein Knecht dürfe nicht misshandelt werden, wer auch der Meister sei, und der Sepp konnte seiner Wege gehen. So weit hatte der Pater die Sache vom Herrn Oberamtmann selbst erfahren, und nun erzählte er diesem ein wenig von den alten Eltern des Sepp und seinen zwei Kindern. Der Sepp sei nicht böse, aber leichtfertig, und seit dem Verlust seiner Frau sei er auf die schiefe

Bahn gekommen. Er bat den Herrn Oberamtmann, dem Sepp gut zuzureden und ihn wieder auf den rechten Weg zu bringen.
Der Oberamtmann hatte dann dem Pater versprochen, das zu tun. Später hatte die Frau Oberamtmann noch weiter nach der Unterkunft des Weiden-Joseph und den Kindern gefragt, und so war man von einem auf das andere gekommen. Zuletzt hatte der Pater auch noch von dem Schäfchen erzählt, das die Kinder gefunden hatten und das nun in seiner Pflege war.
Da kam dann auf einmal heraus, wem das verlorene Schäfchen gehörte, und dass es das Krausköpfchen war. Der Herr und die Frau Oberamtmann hatten sich sehr gefreut und den Pater beauftragt, die Kinder doch selbst mit dem Schäfchen herüber zu schicken. Und zwar am Weihnachtstag, damit sie auch einen Festabend mit einem Christbaum hätten.
Das war nun für den guten Pater eine außerordentliche Freude. Er hatte aber von dem Christbaum kein Wort gesagt, weder den Alten noch den Kindern. Und so lächelte er eben jetzt wieder ganz vergnügt im Gedanken an die Überraschung der Kinder. Und da er gern ihre fröhlichen Gesichter sehen wollte und auch die Alten noch ein wenig froh zu sehen hoffte, wanderte er jetzt noch in der Dunkelheit der Weidenhütte zu.
Als er in die Stube trat, rief die Großmutter ihm entgegen: »Gottlob, dass Ihr kommt, Vater! So bekommt man doch noch ein Wort zum Trost. Jetzt ist es schon so dunkel und die Kinder sind noch auf dem Weg und müssen ja über den Zillerbach. Ach, wenn ihnen nur auch nichts geschehen ist.«
»Nein, nein, Großmutter«, sagte der Pater mit fröhlicher Stimme, »heute wollen wir nicht mehr jammern, heute ist Freude, und der Heilige Christ wacht heute besonders über die Kinder und lässt keinem ein Leid geschehen. Jetzt wollen wir uns noch etwas unterhalten, so vergeht die Zeit am besten.«
Inzwischen ließ der Sepp den Braunen so schnell traben, dass die Kinder glaubten, der Schlitten flöge dahin. Den Sepp hatte ein solches Verlangen erfasst, wieder einmal heimzukommen, dass es ihm gar nicht schnell genug ging. Seit sechs Jahren war er nicht mehr zuhause gewesen. Und wenn er in der Fremde an die Heimat dachte, hatte er nur immer eine große Traurigkeit vor sich gesehen, wie er sie damals empfunden hatte, als Konstanze gestorben war.

Um diesen Gedanken zu entfliehen, war der Sepp dann immer noch ein wenig weiter fortgelaufen. Aber heute, seit er seine Kinder gesehen hatte, kam ihm alles anders vor. Und das Stanzeli hatte ihm so lebendig die selige Mutter vor Augen gebracht und alle die friedlichen Tage, die er mit ihr und seinen Eltern in der Weidenhütte verlebt hatte, dass er es kaum mehr erwarten konnte, die Hütte und Vater und Mutter wiederzusehen.
Jetzt hielt der Schlitten bei den Weiden. Der Sepp hob seine Kinder hinaus und warf die dicke Decke über den Braunen. Dann nahm er auf der einen Seite das Stanzeli und auf der anderen den Seppli an der Hand und trat in die Stube. Da überkam es den Sepp aber so, dass er schluchzend auf das Bett zulief und ausrief: »Mutter! Vater! Seid doch nicht mehr böse mit mir und verzeiht mir. Ich will auch alles tun, was ich kann, dass ihr noch bessere Tage seht. Ich weiß wohl, dass ihr hart arbeiten musstet. Aber es muss, Gott helfe mir, besser werden von heute an.«
Vater und Mutter mussten weinen vor Freude, und die Mutter sagte nur immer zwischendurch: »Ach Sepp, Sepp, ist es auch möglich. Ich hätte nie glauben können, dass unser Herrgott dir das Herz so umkehren könnte. Jetzt will ich aber auch nur noch loben und danken, solange noch ein Atem in mir ist.«
Und der Vater gab dem Sohn die Hand und sagte: »So ist's recht, Sepp, es soll auch alles verziehen und vergessen sein, und sei du uns willkommen. Jetzt sag aber auch, wie du zu den Kindern kommst und wie es mit dir steht.«
Erst musste der Sepp dem Pater Klemens noch die Hand drücken, der mit stillvergnügtem Lächeln allem zugehört hatte. Dann erfuhren die Eltern zu ihrem Erstaunen, dass der Herr Oberamtmann den Sepp als Knecht eingestellt und ihm schon sein Roß mit dem Schlitten anvertraut hatte. Da der Hans und die Trine auf Neujahr einen eigenen Hausstand gründen wollten, so war der Platz für einen Knecht frei geworden. Und der Sepp fügte hocherfreut hinzu: »Und was für ein Platz. Ein so guter Herr, der einem zuredet wie ein Vater. Und dazu ein so schöner Lohn und so manches Kleidungsstück, das weiß ich vom Hans. Ich habe aber schon den Herrn Oberamtmann gebeten, mir nichts von meinem Lohn zu geben, dass ich nichts ausgeben kann und ihr am Ende vom Monat alles bekommen könnt. Jetzt habe ich euch noch nichts zu bringen als nur den guten Willen.«

»Der ist auch was wert, und unser Herrgott lege seinen Segen darauf. Amen«, sagte der Pater Klemens.
Der Seppli war schon lange schwer beladen hin- und hergewandert und hatte keinen Platz und keine Aufmerksamkeit für seine Schätze gefunden. Aber jetzt konnte er an das Bett der Großmutter vordringen, und bald hatte er alles mit seinen Geschenken bedeckt. Als das Stanzeli das sah, kam es schnell herbei und breitete seine Gaben auch noch auf dem Bett aus. So schaute der Kopf der Großmutter wie mitten aus einem Jahrmarkt heraus, und sie musste die Hände zusammenschlagen vor Verwunderung und immer wieder sagen: »Ist auch so etwas möglich.«
Als aber nun der Sepp auf einmal noch den großen Ballen hereinbrachte und auseinanderrollte, und nun drei, vier schöne, warme Bettdecken zum Vorschein kamen, da konnte die Großmutter vor Überraschung und großem Dank gar nichts mehr sagen. Aber sie hatte jetzt die Hände gefaltet und dankte gewiss im stillen Gott. Der Großvater aber hob den harten Gegenstand vom Boden auf, der aus den Bettdecken hervorgerollt war, und die Augen des Alten glänzten vor Freude. Sein einziger Wunsch war in Erfüllung gegangen. Er hielt eine nagelneue Kaffeemühle in der Hand. Nun konnte er endlich einmal wieder ein gutes Pulver bekommen und der Großmutter den Trank bereiten, wie er sein musste.
Ein solcher Weihnachtsabend voll Glück und Freude war in der Hütte des Weiden-Joseph noch nie gefeiert worden. Der Sepp erlebte auch noch die ersehnte Freude, dass seine Kinder sich zutraulich auf ihn setzten. Der Seppli auf das eine Knie, das Stanzeli auf das andere, und jedes schaute den Vater liebevoll an. Denn als sie gesehen hatten, wie er den Großvater und die Großmutter lieb hatte, da hatten sie ihn auch lieb und merkten, dass sie zu ihm gehörten.
Nun musste der Sepp aber auf den Rechberg zurück. Aber er wusste, dass er bald wiederkommen und jeden Sonntagnachmittag bei seinen Leuten verbringen durfte, das hatte ihm der Oberamtmann gesagt.
Als er schon im Schlitten saß und eben abfahren wollte, lief der Seppli noch einmal herbei und rief: »Vater, wart, ich muss dir noch was sagen!« Und als der Vater sich hinausbeugte, sagte der Seppli in sein Ohr: »Vater, wenn du an der Kapelle vorbeikommst, so vergiss auch nicht, hineinzugehen und zu beten. Du weißt, der liebe Gott

schenkt einem dort immer etwas, man kann es zuerst nur nicht sehen, aber nachher dann schon.«
Denn der Seppli hatte gemerkt, dass alle die reichen Gaben von heute mit dem Schäfchen zusammenhingen, das ihnen der liebe Gott in der Kapelle zugeführt hatte, und er erinnerte sich, wie er sich geweigert hatte, hineinzugehen. Das wollte er aber nie mehr tun.
Zwischen dem Rechberg und Altkirch herrscht ein ständiges Kommen und Gehen. Der Sepp arbeitet als treuer und anhänglicher Knecht beim Herrn Oberamtmann und geht jeden Sonntagnachmittag nach Altkirch hinüber und bringt ein frisches, weißes Brot mit zum Kaffee. Aus der neuen Mühle schmeckt der Kaffee der Großmutter wieder so gut, dass er sie mit anderen stärkenden Mitteln, die vom Rechberg herübergeschickt werden, wieder zu neuen Kräften gebracht hat. Nun kann sie wieder selber herumwirtschaften und den Sepp in der aufgeräumten Sonntagsstube fröhlich mit dem Großvater und den Kindern empfangen.
Der Sepp freut sich die ganze Woche auf den Sonntag, und er sagt sich im Stillen: »Daheim ist's doch am schönsten.«
Von Zeit zu Zeit dürfen seine Kinder ihn auch auf dem Rechberg besuchen. Dann gibt es jedes Mal einen lustigen Tag für alle die Kinder zusammen, und das Krausköpfchen ist immer dabei und macht mit. Und oft, wenn Lissa es anschaute, dachte sie: »Oh, wie ist mir wieder wohl. In meinem Leben will ich kein Unrecht mehr verschweigen.«

2. Rosenresli

1. Kapitel

Zur Zeit der Rosen

Der Dorfbote Dietrich aus Wildbach, der früher ein ordentliches Heim besessen, war seit einigen Jahren sehr heruntergekommen und hatte dadurch auch Amt und Verdienst verloren. Seine einzige Beschäftigung bestand darin, hier und da aus seinem unbebauten Acker einige Büschel Gras auszureißen, die er der mageren Geiß als Mittagsmahl heimbrachte. Für ihn und sein Pflegekind gab's dann nur einige Kartoffeln und ein wenig Milch. Nach dem Essen verschwand Dietrich und erschien erst Gegend Abend wieder, um die Geiß zu melken.

Dann sah man ihn daheim nicht mehr. Jedermann wusste aber, dass er bis spät in die Nacht hinein im Wirtshaus saß, und ihm bald Haus und Acker und Geiß genommen wurde, um seine Schulden damit zu bezahlen. Solange seine Frau gelebt hatte, war alles noch besser gegangen. Sie hatten mehr Feld und eine Kuh gehabt, und früh und spät hatte die Frau fleißig gearbeitet. Eigene Kinder hatten sie nie gehabt, aber eine verwaiste Nichte von Dietrich lebte seit drei Jahren bei ihnen.

Vor einem Jahr hatte er seine Frau verloren, und seither war es so rasch abwärts mit ihm gegangen, dass sich nur jeder über das frische, blühende Aussehen des Kindes wundern musste. Es war jetzt acht Jahre alt und hieß überall nur das Rosenresli, denn es wurde niemals gesehen, ohne dass es ein Röslein in der Hand oder im Mund hatte. Das Resli, das ursprünglich Therese hieß, hatte ein solches Wohlgefallen an den Rosen, dass es mit seinen fröhlichen blauen Augen so lange in jeden Rosengarten hineinguckte; bis die Leute darin freundlich riefen: »Willst du eine?« Und freudestrahlend steckte Rosenresli die kleine Hand durch das Gitter und nahm dankbar seinen Schatz in Empfang. So sah man das Kind immer von Rosen umgeben, wenn sie blühten, und jedermann kannte das liebe Rosenresli und hatte es gern.

Den Onkel sah es nicht oft. Am Morgen ging es zur Schule, mittags sagte er gewöhnlich: »Ich komme nicht heim am Abend, du findest noch etwas zu essen.« Aber der Schrank war immer leer, und es war gut, dass hier und da ein Kind in der Schule dem Rosenresli Äpfel oder Birnen oder ein Stück Brot geschenkt hatte. Und selbst wenn es oft hungern musste, so lief es trotzdem zu den Gärten, wo die Rosen standen, durfte sich einige pflücken und über dieser Freude vergaß es alles andere.

Auch heute hatte das Kind kein Abendessen gehabt, dennoch sprang es glücklich über die Wiesen. Es war ein warmer Sommerabend. Die Schmetterlinge flatterten auf und nieder in der blauen Luft, und hoch oben flogen die Schwalben im Kreis herum. Sie zwitscherten so sommerlich, und ringsum in den Wiesen zirpten so fröhlich die Grillen, dass dem Rosenresli auch immer froher zumute wurde. Und es sprang immer höher, so als wollte es mit den Schmetterlingen in der Luft fliegen. So kam es in kurzer Zeit bei dem Garten an, der draußen am Waldhügel lag und immer die schönsten Rosen hatte. Der Garten war von einem hölzernen Zaun umgeben, und Rosenresli kletterte schnell auf die unteren Holzbalken und schaute sehnsüchtig in den Garten hinein.

»Komm nur herein«, rief eine Stimme hinter den Bäumen. »Ich weiß schon, wonach du suchst. Heute sollst du auch Rosen haben.«

Rosenresli ließ sich das nicht zweimal sagen. Schnell trat es ein, ging auf das duftende Rosenbeet zu und schaute bewundernd auf die Menge der roten und weißen, hellen und dunkeln Blumen, die leuchteten und dufteten. Jetzt trat die Frau Präsidentin, die Besitzerin des Gartens zu dem Kind. Sie war es, die dem Resli schon manche Rose gegeben und es eben jetzt hereingerufen hatte.

»Du kommst gerade recht heute, Resli«, sagte sie. »Du sollst einen ganzen Strauß haben. Aber manche Rose will schon abfallen, siehst du. Du musst dann ein wenig vorsichtig sein und nicht so hoch springen. Sonst fallen den Rosen alle Blätter ab, bevor du daheim bist.«

Nun schnitt die Frau Präsidentin behutsam hier eine Rose ab und dort eine, helle und dunkle, rote und weiße, bis ein dicker, großer, prachtvoller Strauß daraus wurde. Rosenresli machte seine Augen immer weiter auf, so was Wunderschönes hatte es noch nie in der Hand gehalten. Aber hier und da fielen schon die duftigen Blätter zu Boden, und die kahlen Stiele standen zwischen den anderen Blumen so traurig da, dass Rosenresli ganz erschrocken schaute.

»Siehst du, siehst du«, sagte die Frau mahnend. »Ganz langsam musst du nach Hause gehn, sonst bringst du nicht drei davon mit den Blättern heim.« Rosenresli bedankte sich schön und machte sich

auf den Rückweg. Dieser führte sie an einem armseligen Häuschen vorüber. Dort wohnte die »Sorgenmutter«, die stille Frau mit dem abgehärmten Gesicht. Rosenresli hatte sie stets nur so nennen gehört und ahnte nicht, dass sie noch einen anderen Namen hatte.
»Sorgenmutter!« rief Resli, als sie die Alte am Fenster erblickte. »Seht! Seht! Haben Sie schon einmal solche Rosen gesehen?«
»Nein, Resli, schon lange nicht mehr«, erwiderte die Frau, und das Kind zog weiter, ganz versunken in dem Anblick der duftenden und glänzenden Blumen. Beim letzten Haus am Weg wollte Resli gerade vorübergehen, als die Frau des Hauses, die Kreuzwegbäuerin genannt wurde, weil sie am Kreuzweg wohnte, heraustrat. Sie hatte ihre beiden festen Arme in die Seiten gestemmt und betrachtete das Kind.
»So, so, das ist ein rechtes Rosenresli heute«, rief sie ihm nach. »Komm, zeig mir deine Schätze aus der Nähe.«
Rosenresli kehrte rasch um und hielt voller Freude der Frau den Strauß hin. Aber bei der schnellen Bewegung fielen die Blätter von drei, vier Rosen ab und flatterten auf den Boden. Resli schaute ihnen traurig nach. »Schade«, sagte die Frau, »die werden mir gefallen. Kind, gib mir deine Rosen, und du sollst ein gutes Stück Brot dafür haben. Du bringst sie doch nicht mehr weit. Bis du heimkommst hast du nur Stiele in der Hand. Komm, gib sie mir.«
»Alle meine Rosen willst du, und keine soll ich behalten?« fragte Resli ganz betroffen.
»Eine kannst du behalten. Sieh diese, die anderen fallen gleich ab. Komm, leg sie da hinein, die müssen nicht verloren gehen«, und die Bäuerin hielt ihre Schürze hin. Resli legte seine Rosen hinein, bis auf die eine, die steckte es vorn in sein Röckchen, wo es fast immer ein Röslein hatte. Nun ging die Bäuerin ins Haus und kam bald wieder zurück mit einem großen Stück Brot in der Hand. Bei dessen Anblick spürte das Kind auf einmal, dass es tüchtigen Hunger hatte.
»Hör, Resli, ich will dir einen guten Rat geben«, sagte die Bäuerin, indem sie dem Kind das Brot gab. »Nimm ein Körbchen, geh jeden Abend dahin, wo es Rosen gibt, und bitte um die, die abfallen wollen. Dann leg sie gleich ins Körbchen, dass du die Blätter nicht verlierst. Denn gerade diese brauche ich, und jeden Abend, wenn du mir ein schönes Häufchen Blätter bringst, bekommst du ein gutes Stück Brot. Willst du?«

»Ja, gern«, sagte Rosenresli, machte sich auf den Heimweg und verzehrte dabei mit Wohlbehagen sein Brot. Als das Kind wieder am Häuschen der Sorgenmutter vorbeiging, kam diese mit einem Bündelchen zusammengelesenem Holz auf dem Rücken heim.
»Wo hast du deine schönen Rosen?« fragte sie, als das Kind vor ihr stand. Resli erzählte ihr den ganzen Hergang der Sache und sagte, dass es nun jeden Tag der Kreuzwegbäuerin Rosenblätter bringen wolle.
Die Frau hatte nachdenklich zugehört. Jetzt sagte sie schüchtern: »Resli, komm doch morgen zu mir, bevor du der Bäuerin die Rosen bringst? Ich möchte dich dann gern etwas fragen.«
»Ja, das will ich tun, und schlaf gut, Sorgenmutter!« Dann zog Resli seines Weges. Bei dem abgelegenen Häuschen des Onkels angelangt, trat es in die stille, einsame Stube. Es verschloss keine Tür, zündete kein Licht an. Wie ein Vöglein suchte es in der Dämmerung sein Nest und schlief bald friedlich ein. Dann träumte es von seinen Rosen, bis die helle Sonne es wieder aufweckte.

2. Kapitel

Eine kleine Helferin und eine große Hilfe

Die Frau, der die Leute den Namen Sorgenmutter gegeben hatten, war eine sehr arme Witwe. Sie hatte einmal bessere Tage gesehen und war nicht gewohnt zu betteln. Sie erzählte niemandem von ihrer Not, klagte nur dem lieben Gott ihr Leid und suchte bei ihm allein Trost. Ihr Mann, ein Schneider, war früh gestorben und hatte ihr nur einen Sohn hinterlassen. Dieser sollte wie sein Vater Schneider werden. Das hatte der Vormund des Knaben bestimmt, und er hatte in dieser Sache zu entscheiden. Ihr Sohn Joseph wollte das aber nicht. Wenn er in der Schneiderei arbeiten sollte, lief er fort und kam erst spät in der Nacht oder gar nicht heim. So geriet er in schlechte Gesellschaft, und der Vormund, der auch Gemeindevorsteher war, drohte ihm mit einer Strafe. Wenn er jetzt nicht arbeiten und fleißig sein wollte, so werde er mit dem nächsten Transport nach Australien geschickt.
Da wurde Joseph sehr zornig und sagte, er könne schon arbeiten, wenn man ihn tun lasse, was er wolle. In die Fremde gehen könne er allein, ohne dass man ihn dorthin schicke. Dann verschwand er und

kam nicht wieder. Die Mutter grämte sich sehr, aber sie vertraute ihr Kind dem lieben Gott an, und wenn die Leute im Dorfe spottend sagten: »Was hilft es ihr, dass sie so viel gebetet hat? Jetzt sitzt sie mit ihren Sorgen im Elend und der Joseph wird wohl draußen elend umkommen«, dann antwortete sie: »Und wenn ich auch eine Sorgenmutter bis an mein Lebensende bleiben und im Elend sterben muss, so will ich doch das Vertrauen nicht verlieren, dass der Joseph noch auf den rechten Weg kommt. Denn ich habe ihn von Anfang an und immer wieder dem lieben Gott anvertraut und habe so viel für ihn gebetet, dass es nicht vergeblich sein kann.«

Rosenresli machte sich am nächsten Tag, als die Schule zu Ende war, wieder auf den Weg. Ein Körbchen besaß das Kind nicht, aber es wollte die Rosen in seine Schürze packen. In fröhlichen Sprüngen lief es zu dem großen Garten, wo die Frau Präsidentin zwischen ihren Blumen hin- und herwanderte.

»Hättest du gern wieder Rosen, Resli?« rief sie dem Kind zu. »Komm herein, eine oder zwei wird's wohl wieder geben.«

»Nur von denen, wo die Blätter abfallen wollen«, sagte Resli und hielt sein Schürzchen hin, damit kein Blatt auf den Boden falle.

»Ja, wenn du's so meinst, dann bekommst du die ganze Schürze voll. Komm hier herüber.« Und die Frau Präsidentin führte das Kind an ein großes Beet voller Rosen, die aber alle weit offen standen oder schon halb entblättert waren. Hier schnitt sie so viele ab, dass Rosenresli die ganze Schürze voll hatte.

»Darf ich morgen wiederkommen?« fragte Resli erwartungsvoll.

»Das kannst du«, erwiderte die Frau, »die verblühten Rosen sollst du alle haben, wenn du Freude daran hast.«

Rosenresli dankte und lief freudig davon. Am verfallenen Häuschen der Sorgenmutter angelangt, erinnerte sich das Kind an das Versprechen, sie zu besuchen. Es trat in das niedere Stübchen, wo die Sorgenmutter am Spinnrad saß. Sie begrüßte Resli mit großer Freundlichkeit. Dann ging sie an ihr Fenster und schnitt von dem kleinen Rosenstock, der da stand, zwei rote Röschen ab und hielt sie dem Kind hin.

»Siehst du, Resli«, sagte sie zögernd, »ich habe dich fragen wollen, ob du nicht die zwei Röslein auch mitnehmen willst. Vielleicht gibt die Bäuerin auch dafür noch ein wenig Brot, wenn auch nur ein kleines Stück. Willst du das tun, Resli?«

»Ja, ja«, rief das Kind schnell, »dann will ich Ihnen gleich das Brot bringen. Ich bin bald wieder da.«
Die Kreuzwegbäuerin stand vor dem Haus an dem Mäuerchen beim Gemüsegarten und guckte bald in den einen bald in den anderen der Körbe, die auf der Mauer standen. In denen waren die schön duftenden Rosenblätter ausgebreitet und sollten in der Sonne trocknen. Die Bäuerin machte jedes Jahr ein wohlriechendes Rosenwasser und dazu brauchte sie sehr viele Rosenblätter, die gar nicht so leicht zu haben waren.
»So ist's recht«, sagte sie vergnügt, als Rosenresli kam und seine Schürze aufmachte, »heute sollst du ein großes Stück Brot haben.«
»Da habe ich noch zwei«, sagte Resli und hob die Röslein von der Sorgenmutter in die Höhe.
»Wirf sie nur zu den anderen. Sie sind zwar mager, aber ein paar Blätter haben sie doch.«
»Aber ich hätte gern ein besonderes Stück Brot dafür«, sagte Resli und hielt sie immer noch fest in der Hand.
»Ich weiß schon«, sagte die Bäuerin, als sie ins Haus trat. »Unsereins war auch einmal so. Wir tauschten hin und her in der Schule, ein Stück Brot gegen eine Birne oder ein paar Pflaumen. Ich weiß, wie das ist, Resli. Da nimm, das ist das große Stück für die Rosen in der Schürze, und hier das kleine für die zwei zum Tauschen. Bist zufrieden so?«
»Ja, ja, gewiss«, versicherte Resli, dankte vielmals und trat den Rückweg an. Das kleine Stück Brot legte es für die Sorgenmutter in die Schürze, und in das große biss Resli sofort hinein, denn zu Mittag hatte es wenig gegessen, und abends gab's auch nichts mehr. So hatte es alles aufgegessen, noch bevor Resli beim alten Häuschen angelangt war. Jetzt war es erreicht, das Kind trat ein.
»Da, Sorgenmutter, hier ist das Brot!« rief Resli.
Die Frau nahm Reslis Hand und drückte sie dankbar: »Du weißt nicht, was du mir Gutes tust, Resli«, sagte sie. »Siehst du, draußen im Gärtchen habe ich Kartoffeln, die sind meine einzige Nahrung. Aber oft kann mein Magen sie nicht vertragen, und Brot ist mir zu teuer. Wenn ich dann fast nichts esse, werde ich so schwach, dass ich nicht mehr spinnen kann. Darum bin ich froh über dein Brot, Resli, und danke dir herzlich dafür.«

Jetzt schämte sich das Rosenresli, dass es der Sorgenmutter nur das kleine Stück Brot gebracht und das große für sich behalten hatte. Und im Stillen dachte es: Hätte ich doch nur das kleine und nicht das große Stück gegessen, und sie sah sehr niedergeschlagen aus. Die Sorgenmutter meinte, es habe gewiss noch Hunger und wollte ihm das Stück Brot wiedergeben. Aber Resli rief:»Nein, nein, ich will nicht, ich habe schon genug. Morgen komme ich wieder!« Und fort war es.

Am folgenden Abend kam es pünktlich wieder. Noch einmal hatte ihm die Frau Präsidentin die Schürze mit Rosen gefüllt, und noch einmal hatte die Sorgenmutter zwei Röslein vom Stock brechen und dem Resli mitgeben können. Als es damit bei der Kreuzwegbäuerin anlangte und diese die Rosen aus der Schürze hob, sagte Resli: »Kann ich heute nur ein Stück Brot haben, aber so groß, wie die letzten zwei zusammen?«

»Siehst du, ich hab's mir gedacht«, antwortete die Bäuerin, »jetzt hast du's gemerkt, dass es schade ist, das gute Brot gegen Äpfel und Birnen zu tauschen. Es ist richtig, behalt's nur, und heute ist's auch ganz frisch, und du sollst ein schönes Stück haben. Komm mit mir.«

Die Bäuerin trat in ihre Küche und schnitt hier von dem großen Laib Brot ein so mächtiges Stück herunter, wie Resli in seinem Leben noch keines in der Hand gehalten hatte. Schnell lief es zur Sorgenmutter und legte freudestrahlend das ganze Stück in ihre Hand. Keinen Bissen hätte das Kind heute davon genießen können.

Resli hatte es immer noch bedrückt, dass es das größte Stück behalten und das kleine der Sorgenmutter gebracht hatte. Jetzt leuchteten seine Augen vor Freude, als die Alte mit verwunderten Blicken ihr Stück Brot ansah. Sie hielt es dem Kind wieder hin.

»Was ist das, Resli? Das ist gewiss dein Brot, komm, nimm es! Wenn du mir ein kleines Stück davon abbrechen willst, so will ich dies danken.«

»Nein, nein, ich nehme kein einziges Stück«, rief das Kind. »Gute Nacht, und morgen komme ich wieder.«

»Ich habe ja keine Rosen mehr, Resli, aber ich danke dir. Du weißt nicht, was du mir Gutes getan hast.«

Die Frau hatte Tränen in den Augen, als sie dem Kind nachrief. Das hatte Resli wohl gesehen, und einen Augenblick war es ganz nachdenklich geworden. Aber nun kam ihm etwas anderes in den Sinn,

und das Resli war wieder froh, sang und sprang vor Freuden und dachte sich schon aus, was es morgen tun wolle.
Die Frau Präsidentin hatte bald keine Rosen mehr. Aber Resli wusste von seinen Streifzügen her noch so viele Gärten, dass es gar keine Sorge hatte, Rosen zu finden. Und es war so flink und leichtfüßig, dass ihm kein Weg zu weit war. So brachte es jeden Abend eine Schürze voll Rosen zur Bäuerin und erhielt jedes Mal sein Stück Brot, das eher größer als kleiner wurde. Denn die Bäuerin war sehr zufrieden mit Reslis Leistungen.
Die Nachbarin, die auch Rosenwasser bereitete, schaute manchmal mit etwas Neid herüber, wenn sie sah, wie das Resli seine vollen Schürzen ausschüttete. Sie sagte, es sei gar kein Wunder, wenn die Kreuzwegbäuerin besseres Rosenwasser machen könne als sie selbst. Wenn sie so schöne Rosenblätter aufzutreiben wüsste, so brächte sie das auch fertig.
Von dem Brot aber aß Resli niemals mehr. Alles musste die Sorgenmutter annehmen, wie diese sich auch wehrte und mit dem Kind alles teilen wollte. Aber von Zeit zu Zeit fragte es dann: »Sorgenmutter, tut das Brot Euch gut?« Dann erzählte sie ihm immer wieder, wie viel kräftiger sie sich fühle, seitdem sie täglich Brot esse. Wie viel mehr sie spinnen und dadurch verdienen könne, sodass sie im Winter nicht wie sonst frieren müsse.
Zum Schluss sagte sie dann immer: »Wenn ich dir doch einmal vergelten könnte, was du für mich tust, Resli.«
Aber Reslis Gesicht glänzte dann so vor Freude, dass man sehen konnte, es hatte die beste Belohnung erhalten.
So ging es weiter, bis die Rosenzeit zu Ende war. Und als eines Abends Resli weit gelaufen war, vergebens in alle Gärten hineingesehen hatte und am Ende auch nur noch drei halb verwelkte Röslein zu der Bäuerin brachte, sagte diese: »Es ist aus mit den Rosen, aber nächstes Jahr bringst du mir wieder deine schönen Sträuße.« Diese Worte machten einen solchen Eindruck auf das Resli, wie es die Bäuerin nicht erwartet hatte. Sie nahm an, ein Kind bekomme da und dort etwas von guten Leuten, an ihrem Stück Brot sei ihm nicht so viel gelegen. Aber Resli dachte an die Sorgenmutter und was nun aus ihr werde, wenn sie wieder nichts als ihre wenigen Kartoffeln zu essen hätte. Große Tränen kamen ihm in die Augen, als es nun sah, dass alles aus war mit den Rosen.

»Nein, nein, du musst nicht weinen, Resli«, sagte die Bäuerin mitleidig. »Versprich, dass du mir nächsten Sommer wieder so viele schöne Rosen schenken willst, und du sollst den ganzen Winter hindurch täglich dein Stück Brot haben. Willst du?« Da waren die Tränen schnell getrocknet, und Resli strahlte vor Freude.

»Ja, gewiss will ich, und alle, alle Rosen sollen Sie haben und auch Vergissmeinnicht.«

»Das ist nicht nötig, aber die Rosen, vergiss es nicht! Da hast du dein Stück Brot, und jetzt kommt die Zeit der Äpfel, davon musst du auch noch haben, da Resli.« Und die Bäuerin nahm einen großen, rotwangigen Apfel und hielt ihn samt dem Stück Brot dem Kind hin. Glückstrahlend lief Resli mit seinen Schätzen davon, und befriedigt schaute ihm die Bäuerin nach, denn sie hatte das Resli gerne und freute sich, dass es so froh war. Außerdem war es ihr auch recht, dass sie sich schon für den kommenden Sommer die schönsten Rosen gesichert hatte.

Sie hatte wohl bemerkt, wie die Nachbarin immer nach ihren Rosenblättern herübergeschaut hatte. Und es war ihr ein wenig angst geworden, die Nachbarin könnte ihr im nächsten Sommer das Resli abtrünnig machen. Denn sie wusste, dass es die schönen Rosen herbeibrachte.

Auch die Sorgenmutter hatte einen frohen Abend. Als Resli, das immer Sonnenschein in die einsame Stube der Alten brachte, alles berichtet, was es mit der Bäuerin ausgemacht hatte, da faltete die Sorgenmutter die Hände. Sie dankte still dem lieben Gott, der ihr das Kind wie einen guten Engel zugesandt hatte, und dass sie nun dem gefürchteten Winter mit so viel weniger Angst und Sorgen entgegensehen konnte.

3. Kapitel

Rosenreslis Kummer

Einige Tage später schien es, als habe sich eine seltsame Veränderung zugetragen. Es sah so aus, als hätten die Sorgenmutter und das Rosenresli ihr Wesen miteinander vertauscht. Die Frau saß mit stillem, fröhlichem Gesicht an ihrem Spinnrad. Da trat Resli bei ihr ein und sah so betrübt aus, als habe es etwas erlebt, das ihm für alle Zeit jede Fröhlichkeit genommen hätte.

»Was hast du, Resli, was hast du?« fragte die Sorgenmutter erschrocken.
»Ich habe ein Loch im Rock«, sagte sie traurig, »und in der Schule haben die Kinder mich ausgelacht. Sie sind hinter mir hergelaufen und haben alle laut gesungen:

›Rosenresli, Rosenstock,
Rosenresli, Loch im Rock.‹«

Und bei der Erinnerung an die Schande, die es erdulden musste, liefen dem Resli große Tränen die Wangen herunter.
»Es ist nicht schön, wenn die Kinder dich auslachen. Vielleicht war's aber nicht so böse gemeint. Komm her, Resli, zeig mir den Schaden! Wir wollen ihn wieder in Ordnung bringen«, tröstete die Sorgenmutter.
Resli trat zu ihr, und sie brauchte nicht lange nach dem Loch zu suchen, denn es war sehr groß. Das Kind musste sich auf einen Schemel setzen, die gute Alte holte Faden und Nadel und fing sofort mit der Arbeit an.
Aber Resli konnte seinen Kummer immer noch nicht vergessen und schluchzte laut.
»Sei nicht traurig, Resli«, sagte die Sorgenmutter freundlich. »Solches Leid soll dir nie mehr widerfahren. Ich will jeden Abend dein Röcklein genau ansehen und jedes kleine Loch gleich zunähen. Und wenn du mal hängen bleibst und es reißt, so komm nur schnell zu mir, dann mache ich's gleich wieder zu. Kannst du jetzt wieder fröhlich sein?«
»Ja, so kann ich schon«, sagte Resli erleichtert und wischte seine Tränen fort, »aber ich habe gedacht, jeden Morgen könnte ich wieder ein Loch haben, und dann laufen sie mir alle Tage nach und singen hinter mir her:
›Rosenresli, Rosenstock‹
Und dann habe ich gedacht, ich wollte nie mehr in die Schule gehen.«
»Doch, doch, Resli, das musst du, das ist ein Gesetz und ein gutes, sonst würdest du ja nichts lernen. Und siehst du, keiner darf gleich davonlaufen, wenn ihn ein Leid trifft. Wir müssen auch stillhalten und es tragen, weil der liebe Gott uns dadurch immer etwas lehren

will, was wir sonst nicht lernen würden. Denn wenn wir traurig sind, dann suchen wir Rat und Trost bei ihm und lernen ihn kennen. Dann kommt eine Zuversicht in unser Herz, weil wir merken, wir haben einen Vater im Himmel, der uns beisteht und hört, wenn wir rufen. Betest du auch zu ihm, Resli?«
Das Kind dachte nach, dann sagte es: »Ja, in der Schule.«
»Was betest du in der Schule?«
Resli fing an, ohne Atem zu holen, so als hätte es Angst, den Text zu vergessen, sagte es schnell hintereinander:

»Lieblich ist die Morgenstunde,
Wenn man sie mit Gott beginnt.
Freud im Herzen, Dank im Munde
Gehört sich für ein Menschenkind.«

Nun wusste das Resli nicht mehr weiter.
»Es ist ein schönes Verslein, du hast es nur ein wenig geschwind gesagt, Resli. Hast du auch bedacht, was es dir sagen will?«
»Nein, das habe ich nicht«, erwiderte Resli.
»Siehst du, das heißt, dass du am Morgen, wenn du erwachst, zuerst an den lieben Gott denken und dich freuen und ihm danken sollst. Denn er hat dich die ganze Nacht durch behütet. So betet man am Morgen. Aber weißt du auch ein Gebet für den Abend?«
»Nein, ich weiß keines.«
»Dann kannst du nur aus deinem Herzen zum lieben Gott beten und ihn um Verzeihung bitten, wenn du am Tag etwas Unrechtes getan hast. Du musst beten, dass er dir helfe, dass du's nicht wieder tust. Siehst du, Resli, wenn man so zum lieben Gott hat beten können, wird man wieder ganz froh. Und wenn ich das nicht immer täte, so wäre ich schon lange vor Kummer gestorben.«
»Warum?« fragte Resli verwundert.
»Ja, siehst du, ich habe Grund genug. Ich bin ja sehr arm und habe kaum genug zum Leben. Auch habe ich ein Kind draußen in der Welt, einen Sohn, und weiß nichts von ihm. Vielleicht stirbt er im Elend oder er ist schon umgekommen. Und wenn ich ihn nicht, wie in der ersten Stunde seines Lebens, jetzt jeden Abend dem lieben Gott anvertrauen und ihm sagen könnte: ›Er ist doch dein, hilf du ihm‹, so könnte ich vor Angst und Sorge nie einschlafen. Aber wenn

ich so gebetet habe, dann kommt wieder Trost und Zuversicht in mein Herz.«
»So will ich auch für ihn beten«, sagte Resli.
»Das freut mich, Kind, das freut mich. Und wenn du für den Joseph betest, so wird es auch dir zugutekommen, das weiß ich. Und du kannst es brauchen, wenn du beten kannst.«
»Warum?« fragte Resli wieder.
»Sieh, Kind«, begann die Sorgenmutter liebevoll, aber ein wenig ängstlich an, »dein Onkel hat schlecht gewirtschaftet. Man sagt, Haus und Acker werden ihm bald genommen. Dann musst du zu fremden Leuten, und da gibt's viel Arbeit und wenig gute Worte. Das kennst du noch nicht, und da ist's gut, wenn du den Weg zum lieben Gott weißt, dass du ihm alles klagen und Trost holen kannst.«
»Ich will dann zu Ihnen kommen und bei Ihnen wohnen«, sagte Resli, eher erfreut als verängstigt.
»Ach, du gutes Kind, ich könnte dich ja gar nicht ernähren, es wird alles ganz anders kommen. Aber wir wollen dich dem lieben Gott anvertrauen, der wird dich versorgen. So, nun ist alles geflickt, Resli«, sagte die Sorgenmutter, die während des Gesprächs das Röcklein des Kindes untersucht und ausgebessert hatte. »Wenn's nun wieder reißt, so komm zu mir, dann helfe ich wieder.«
Resli bedankte sich schön und sprang mit erleichtertem Herzen davon. Nun konnte es in der Schule nie wieder ausgelacht werden. Diese Sicherheit beglückte Resli so sehr, dass es darüber ganz die Worte der Sorgenmutter vergaß, dass es vielleicht bald zu fremden Leuten gehen und viel Arbeit verrichten müsse.
Sein Versprechen vergaß Resli nicht, denn als es sich zum Schlaf niederlegte, betete es ganz laut und von Herzen. »Lieber Gott, hilf auch dem Joseph!«
Es folgte ein langer harter Winter. Die Sorgenmutter musste zwar oft frieren, aber nie hungern wie in den Jahren vorher, und so blieb sie gesund. Rosenresli war ihre Stütze und ihr Ernährer. Es hatte im Spätherbst gesehen, dass die Sorgenmutter mit der größten Anstrengung ein Bündelchen Holz heimgeschleppt hatte. Seitdem war es jeden Tag in den Wald gelaufen und hatte so viel Holz gesucht, dass die Sorgenmutter alle Tage in ihrem Stübchen Feuer machen und in dem kleinen Ofen ihre Brotsuppe kochen konnte.

Jeden Abend nach der Schule, trotz Kälte, Sturm und Schneegestöber, erschien Rosenresli bei der Kreuzwegbäuerin. Manchmal war sie ganz blau vor Kälte und zitterte an allen Gliedern. Denn es hatte zwar ein anderes Röcklein für den Winter bekommen, aber kein warmes. Außerdem hatte es nur ein dünnes Tuch um Hals und Schulter gebunden. Wenn dann die Bäuerin das Kind vor Kälte so zittern und klappern sah, dachte sie, es müsse Hunger leiden, da es wegen des Stückchen Brots durch Sturm und Unwetter gelaufen komme. Das erweckte ihr Mitleid, und sie schnitt tief ins Brot hinein, sodass das Stück größer wurde, als je eines im Sommer gewesen war. Aber das Kind trug alles zur Sorgenmutter und schlug deren Bitte, die Hälfte selbst zu essen, beharrlich aus. Wenn Resli auch oft hungrig zu Bett ging, so freute es sich, dass die Sorgenmutter keine Not litt und betete: »Lieber Gott, hilf auch dem Joseph!« Dann schlief sie fröhlich ein.

Sein Röcklein wurde auch den ganzen Winter hindurch von der Sorgenmutter genäht, und kein Schulkind lachte und spottete mehr über das Rosenresli.

4. Kapitel

Keine Sorgenmutter mehr

Der Sommer war wieder da, und in allen Gärten blühten und dufteten die Rosen. In allen Beeten standen sie in Fülle, die jungen Stängel trugen viele Blüten, und von allen Fenstern nickten sie aus den Töpfen nieder. Es war ein gutes Rosenjahr. Der Sommerabend lag glänzend über Wildbach und all den Wiesen und Wäldern.

Dietrichs Häuschen wurde von der goldenen Abendsonne beschienen und schimmerte weit ins Land hinaus. Davor aber standen zwei Männer mit nachdenklichen Gesichtern. Der eine war der Onkel Dietrich. Er wusste, dass ihm morgen Häuschen, Acker und Geiß genommen würden und dass er trotzdem seine Schulden nicht bezahlen könnte.

Er steckte beide Hände in die Taschen und sagte voller Ärger: »Ich gehe fort, ich will von allem nichts mehr wissen.«

»Du musst nur nicht vergessen, dass man dich finden wird«, sagte der andere. »Das Kind will ich zu mir nehmen. Es kann zwar nicht arbeiten, du hast es umherlaufen lassen, aber ich will's schon lehren,

mit der Hacke umzugehen. Nach der Schule sind noch viele Stunden, da soll es mir helfen.«
»Es ist noch jung«, sagte der Onkel.
»Desto gelehriger«, entgegnete der andere und ging seines Weges.
Es war der Wegknecht von Wildbach, der auf allen Wegen das Unkraut auszuhacken und wegzuschaffen hatte. Alle Kinder fürchteten ihn und liefen vor ihm davon, denn er war sehr bös und rau und sagte niemals ein freundliches Wort.
Zu diesem Mann sollte nun morgen früh das Rosenresli kommen. Er hatte keine eigenen Kinder, und es war ihm gerade recht, ein solches Kind zu sich zu nehmen, das einige Handlangerdienste bei ihm verrichten konnte.
Das Kind selbst ahnte nichts von dem, was die beiden Männer beschlossen hatten. Jetzt wanderte es zufrieden durch die Wiesen, weit über Wildbach hinaus der Mühle zu. Dort stand der Garten voll der prächtigsten Rosen, und die Müllerin hatte dem Resli einen großen Strauß versprochen. Bald darauf sah man das Kind, mit seinen Rosen in der Hand, wieder fröhlich dieselbe Straße durch den goldenen Abendschein zurückwandern.
Es war noch nicht lange gegangen, als ein junger Mann mit schnellen Schritten hinter ihm herlief. Er hielt seinen Strohhut in der Hand und ließ die frische Abendluft kühlend um seinen Kopf wehen.
»Du hast schöne Rosen«, rief er, als er Resli eingeholt hatte. »Gibst du mir auch eine für meinen Hut?«
Resli nickte und zog eine heraus.
»Das ist brav von dir, du gibst mir die Allerschönste«, sagte der Fremde, indem er sie stolz auf seinen Hut steckte. »Wie weit willst du noch?«
»Ich gehe heim nach Wildbach«, antwortete Resli.
»So dann gehen wir den gleichen Weg«, sagte der Wanderer und ging neben Resli her. »Wenn du von Wildbach bist, so kennst du wohl die Leute dort und kannst mir etwas sagen. Lebt die gute Frau Steinmann noch und ist sie gesund?«
»Die kenne ich nicht«, erklärte Resli, »niemand heißt dort so.«
»Ach Gott! Ach Gott!« seufzte der Fremde und schwieg.
Resli schaute verwundert zu ihm auf, denn von Zeit zu Zeit wischte er eine Träne fort und sah nicht mehr so fröhlich aus wie vorher.

Nachdem sie lange still nebeneinandergegangen waren, fing der Fremde wieder an.
»Weißt du den Weg zur Kreuzwegbäuerin?«
Das Resli nickte und sagte: »Alle Tage gehe ich dorthin.«
»So sag mir, wer wohnt jetzt in dem elenden, alten Häuschen dort links am Weg, wo der krumme Weidenbaum steht?«
»Dort wohnt die Sorgenmutter, die kenne ich gut.«
»Was ist denn das für ein Name? Hat sie keinen anderen?«
»Ich weiß keinen.«
»Heißt sie so, weil sie viel Sorgen hat? Weißt du's?«
»Ja, sie hat Sorgen, weil sie nicht weiß, ob der Joseph noch lebt.«
»Ach Gott! Ach Gott!« rief der Fremde wieder und ging plötzlich schneller, sodass er dem Resli weit vorauseilte. Aber er kehrte wieder um, nahm das Kind bei der Hand und sagte sehr freundlich: »Komm, wir wollen miteinander gehen und noch ein wenig reden.« Und er sah so gutmütig dabei aus, dass Resli ihm vertraute.
»Sag mir«, fing er wieder an, »ist die Sorgenmutter bös über den Joseph?«
»O nein! Jede Nacht betet sie für ihn, sonst könnte sie gar nicht einschlafen, und ich helfe ihr auch.«
»So, und was betest du denn für ihn?«
»Ich bete: Lieber Gott, hilf auch dem Joseph.«
»Vielleicht hat dich der liebe Gott jetzt erhört und hat ihm geholfen.«
»Glauben Sie?« fragte Resli und schaute in größter Spannung zu dem Fremden auf, dem es wie ein Freudenblitz über das Gesicht fuhr. Er sagte nichts mehr.
Jetzt waren sie bei dem krummen Weidenbaum angelangt, wenige Schritte von dem alten Häuschen entfernt.
»So leben Sie wohl«, sagte Resli, indem es dem Fremden die Hand hinhielt. Sie war sichtlich ein wenig enttäuscht über sein Schweigen.
»Ich gehe zur Sorgenmutter hinein.«
»Ich gehe mit«, sagte er schnell. Aber bevor sie die Tür aufmachten, wurde sie von innen aufgerissen, und heraus stürzte die Sorgenmutter, umfasst den Fremden und rief immer wieder: »O Joseph! Joseph! Bist du's denn wirklich?«
Und vor Freude musste sie laut weinen, und der Joseph weinte mit ihr. Und das Resli begriff nun, dass der Fremde der Joseph war, der nun zu der Sorgenmutter zurückkehrte. Da er gar nicht so zerfetzt

aussah, wie es sich den Joseph vorgestellt hatte, wusste es sich vor Freude gar nicht zu fassen. Sie umklammerte die weinende Mutter und rief: »Der liebe Gott hat ihm geholfen, der liebe Gott hat ihm geholfen.«

Jetzt gingen alle drei in das Häuschen, und nun erst sah die Sorgenmutter ihren Sohn von oben bis unten an, und ihr Herz floss über von Dank und Freude. Denn er sah nicht aus wie einer, der tief gesunken und im Elend verkommen ist und wie sie ihn in ihren Kummernächten so oft vor sich gesehen hatte. Sie konnte ihn nicht genug ansehen, so gut sah er aus.

»Komm, Mutter, komm«, rief jetzt der Bursche mit fröhlichem Gesicht, »nun wollen wir uns zusammensetzen und etwas essen und fröhlich sein. Kann uns das Kind etwas bringen?«

»Ach ja, das tut es schon«, sagte die Mutter. »Wie viel Gutes hat es mir doch schon gebracht und jetzt noch den Sohn. Wo hast du ihn nur hergeholt, Resli?«

»Das will ich schon erzählen, Mutter, lass das Kind nur gehen und Wurst und eine Flasche Wein und ein großes Brot holen«, bat Joseph und legte ein großes Geldstück auf den Tisch.

»Ein ganzes Brot?« fragte Resli mit dem größten Erstaunen. Denn dass die Sorgenmutter auf einmal ein ganzes Brot haben sollte, konnte es fast nicht glauben. Dann lief es in solcher Freude davon, dass es bald wieder mit allem Gewünschten zurückgekehrt war. Nun setzten sich alle drei an den Tisch und hielten ein Festmahl, wie noch keines in dem Stübchen gehalten worden war.

Nur die Mutter konnte vor Freude fast nicht essen, und immer wieder fragte sie voller Staunen: »Ist's auch wirklich wahr, Joseph?« Und er bejahte es jedes Mal ganz fröhlich und schob dem Resli ein Stück Brot mit Wurst nach dem anderen zu. Und wenn es sagte: »Nein, nein, jetzt esse ich gewiss nicht mehr, es ist ja für die Sorgenmutter«, dann erwiderte er: »Iss nur und habe keine Sorge, die Mutter soll nun keinen Mangel mehr leiden, sie soll alle Tage genug Brot haben.«

»Und jetzt«, sagte Joseph, als er sich nach seiner langen Wanderung gestärkt hatte, »jetzt will ich dir erzählen, Mutter, wie es mir ergangen ist. Du weißt, ich sollte nach Australien geschickt werden. Aber die Schande, dorthin geschickt zu werden, wollte ich nicht ertragen und darum lief ich fort. Ich kam nach England und dort blieb ich, da ich kein Geld mehr hatte. Dort verlebte ich harte Tage, musste schwer arbeiten, um mein Leben zu fristen und glaubte, ich müsste zugrunde gehen.

Aber jedes Mal, wenn es am äußersten mit mir war und ich Schlechtes im Sinne hatte, habe ich dich plötzlich gehört, wie du laut in deiner Kammer neben mir gebetet hast: Der liebe Gott möge alles Elend über dich bringen, wenn er mich nur noch auf den rechten Weg bringen wolle. Dann sah ich dich vor mir und konnte das Schlechte nicht tun, das dich ins Grab gebracht hätte, und ich fing wieder an zu arbeiten. Ich arbeitete in Maschinenwerkstätten und nach und nach kam ich weiter.

In neun Jahren kann man etwas lernen, Mutter, wenn man will. Und ich wollte, und nun bin ich ein tüchtiger Mechaniker und Arbeit werde ich schon finden. Nun, Mutter, sollst du's auch anders haben. ›Sorgenmutter‹ darf dich kein Mensch mehr nennen. Sieh, Erspartes bringe ich dir auch mit. Nun erzähl mir, wie es dir ergangen ist.«

Damit legte Joseph seine schönen Taler vor die Mutter auf den Tisch, und die Freude seines Herzens leuchteten ihm aus den Augen, als er das wachsende Erstaunen seiner Mutter sah,

»Ach, dass du das alles ehrlich durch Arbeit verdient hast, Joseph! Ich weiß nicht, wie ich dem lieben Gott danken soll. Es ist fast zu viel.« Und die gute Mutter musste immer wieder ihre Hände falten und loben und danken. Aber der Sohn bat: »Sag mir nun auch, wie es dir ergangen ist, Mutter?«

»Da ist nicht viel zu erzählen, Joseph«, sagte sie. »Ich habe schwere Tage und viel Kummer gehabt, und umsonst haben sie mich nicht die Sorgenmutter genannt. Der liebe Gott hat mir aber immer wieder geholfen. Aber im letzten Jahr war ich recht elend und so kraftlos, dass ich meinte, ich komme nicht mehr durch den Winter. Da kam wie ein Engel vom Himmel das Kind, das Rosenresli, und hat mich wieder gestärkt. Den ganzen Winter durch und bis jetzt hat es mich erhalten, und ich weiß, es hat mir oft sein Brot gebracht und selbst gehungert. Und jetzt habe ich nur noch einen Kummer, Joseph. Resli lebt bei seinem Onkel, dem Dietrich. Der muss morgen sein Haus und seinen Hof verlassen. Das Kind soll zu fremden Leuten, und wer weiß, wie es ihm dort geht.«

»Was? Das Kind, das dich erhalten hat, Mutter?« unterbrach sie der Joseph erregt. »Wir haben auch noch für das Kind genug, man braucht uns dafür nichts zu geben. Ich gehe zum Dietrich, das Rosenresli geben wir nicht mehr her.« Und Joseph ging eilig zur Tür hinaus.

Jetzt sprang das Resli von seinem Sessel, fiel der Alten um den Hals und rief in seiner Freude: »Sorgenmutter! Sorgenmutter! Jetzt kann ich bei Ihnen bleiben! Jetzt muss ich nicht mehr fort!« Und die Mutter hielt das Kind fest und sagte: »Resli, wie dankbar müssen wir sein. Wenn wir dem lieben Gott unser ganzes Leben lang dankten, so wäre es nicht genug. Vergiss das nie in deinem Leben! Nun ist mir auch der letzte Kummer vom Herzen genommen, und du musst mich nicht mehr Sorgenmutter nennen, ich bin ja keine mehr, aber eine Mutter will ich dir sein.«

Als der Onkel Dietrich von Joseph gehört hatte, was er wollte, war er froh, denn im Stillen hatte er Erbarmen mit dem Resli gehabt. Er wollte es ungern dem bösen Wegknecht geben, aber er wusste so schnell keinen anderen Ausweg, denn am nächsten Morgen wollte er fort. So sagte er zu Joseph: »Behalt das Kind nur. Schick es nicht mehr zum Schlafen hierher, sondern nimm gleich sein Bettlein mit.« Er dachte, so sei die Sache sicher. Und wenn der Wegknecht noch so früh kommt, so könnte er das Resli doch nicht mitnehmen. Joseph war sehr zufrieden und drückte dem Dietrich noch ein Geldstück in die Hand, da er gehört hatte, dass der Onkel nie böse mit dem Resli gewesen war.

Dann nahm er das Bettlein mit dem spärlichen Inhalt auf die Schulter und kam fröhlich damit angezogen. Es wurde ins Kämmerlein neben das Bett der Mutter gestellt, und Resli hatte eine große Freude, dass es nun Tag und Nacht bei der Mutter bleiben konnte.

Joseph fand seine Schlafstätte, wie er sie vor neun Jahren verlassen hatte. Die Mutter hatte während dieser Zeit jeden Tag gedacht: Vielleicht kommt er wieder, und dann muss er doch eine Heimat finden. Und Joseph war so glücklich, seine Heimat wiedergefunden zu haben, dass er sie um keinen Preis mehr verlassen wollte. Er fand auch Arbeit, wie er sie wünschte, denn er war ein geschickter, erfahrener Handwerker.

Jeden Morgen aber, wenn er zur Arbeit ging, steckte Resli ihm eine Rose auf den Hut. Das gefiel dem Joseph besonders gut und gab ihm gleich die rechte Freude zur Arbeit. Er hatte auch noch immer seine Rose, wenn sonst weit und breit keine mehr zu sehen war. Denn das

Resli kannte jede Stelle, wo noch eine letzte Rose blühen konnte, und es bekam die Blume, wem sie auch gehörte. Als die Geschichte bekannt geworden war, wie Resli die Sorgenmutter ein ganzes Jahr lang fast allein erhalten hatte, wollte jedermann dem Resli etwas Gutes tun. Und wo es sich nur zeigte, erhielt es eine Rose, ob es die Erste oder die Letzte war.

So leben im kleinsten Häuschen von Wildbach die drei glücklichsten Menschen, und Rosenresli wird wohl sein Leben lang so genannt werden.

3. Der Toni vom Kandergrund

1. Kapitel

Daheim im Steinhüttchen

Hoch oben im Berner Oberland, noch eine gute Strecke über das von Wiesen umsäumte Dörfchen Kandergrund hinaus, steht eine kleine, einsame Hütte, von einem alten Tannenbaum überschattet. Nicht weit davon stürzt von der bewaldeten Felsenhöhe der Wildbach nieder, der bei großen Regengüssen viel Felsgestein und Geröll mit fortschwemmt. Wenn der Regen aufgehört hat, hinterlässt der Bach eine wüste Steinmasse, die von einem klaren Wasser schnell durchflossen wird. Darum heißt die kleine Behausung in der Nähe dieses Baches die Steinhütte.

Hier wohnte der brave Tagelöhner Toni, der auf allen Bauernhöfen, wohin er zur Arbeit ging, gern gesehen wurde. Denn er war still und fleißig, pünktlich in der Arbeit und zuverlässig in seinem ganzen Wesen.

In seiner Steinhütte wohnte er mit seiner jungen Frau und einem Büblein, das die Freude der beiden war. Am Hüttchen in dem kleinen Stall stand die Geiß, von deren Milch Mutter und Kind sich ernährten, während der Vater die ganze Woche hindurch auf den Bauernhöfen, wo er vom Morgen bis zum Abend arbeitete, seine Kost erhielt. Nur den Sonntag verbrachte er daheim mit seiner Frau und dem kleinen Toni. Frau Elsbeth pflegte ihr Häuschen sehr. Wenn es auch eng und klein war, so sah es doch immer so sauber und aufgeräumt aus, dass jeder gern in das sonnige Stübchen eintrat. Und der Toni fühlte sich nirgends so wohl, wie daheim im Steinhüttchen mit seinem kleinen Buben auf dem Schoß.

Fünf Jahre lang hatten die Leute so in Eintracht und ungestörtem Frieden gelebt. Wenn sie auch keinen Überfluss und wenig irdische Güter hatten, so waren sie doch glücklich und zufrieden. Der Mann verdiente so viel, dass sie keinen Mangel litten, und mehr als ihren einfachen Unterhalt begehrten sie nicht. Denn sie hatten einander lieb, und ihre größte Freude war der kleine Toni. Das Büblein wuchs frisch und gesund heran und erfreute mit seiner Fröhlichkeit des Vaters Herz, wenn dieser sonntags daheimbleiben konnte. Er versüßte der Mutter alle Arbeit an den Wochentagen, wenn der Vater bis spät am Abend fortblieb.

Der kleine Toni war nun vier Jahre alt und war schon bei vielen kleinen Arbeiten behilflich, im Häuschen und im Geißenstall und auch im kleinen Acker hinter der Hütte. Vom Morgen bis zum Abend trippelte er fröhlich hinter der Mutter her, denn er fühlte sich so wohl wie die kleinen Vögel oben in der alten Tanne. Wenn der Samstagabend kam, so scheuerte und putzte die Mutter doppelt eifrig, um bald fertig zu werden. Denn an dem Tag hatte der Vater früher als sonst Feierabend, und sie ging ihm dann, den kleinen Toni an der Hand, immer ein Stück entgegen. Das machte dem Kleinen eine besondere Freude.

Er wusste nun auch schon genau, wann sie dem Vater entgegengingen. Fing die Mutter zu scheuern an, so sprang er schon vor Freude in der Stube umher und rief immer wieder: »Jetzt gehen wir zum Vater! Jetzt gehen wir zum Vater!« Wenn die Arbeit getan war, nahm ihn die Mutter bei der Hand, und sie machten sich auf den Weg.

So war im schönen Maimonat wieder ein Samstagabend gekommen. Draußen sangen die Vögel im Baum lustig zum blauen Himmel empor, drinnen scheuerte die Mutter eifrig, dass sie bald in den goldenen Abend hinauskomme. Und bald draußen, bald drinnen hüpfte der kleine Toni umher und jauchzte: »Jetzt gehen wir zum Vater!« Es dauerte auch nicht lange, so war die Arbeit fertig.

Die Mutter legte ihr Tuch um, band die gute Schürze vor und trat aus der Hütte. Der Toni sprang vor Freude in die Höhe und dreimal um die Mutter herum, dann fasste er ihre Hand und jubelte noch einmal: »Jetzt gehen wir zum Vater!« Dann trippelte er neben der Mutter her in den sonnigen, lieblichen Abend hinaus. Sie wanderten dem Wildbach zu über den hölzernen Steg, der darüber führt. Dann kamen sie auf dem schmalen Fußweg, der sich durch die blumenreichen Wiesen hinaufschlängelt, zum Mattenhof, wo der Vater arbeitete.

Jetzt fielen von der untergehenden Sonne die letzten Strahlen über die Wiesen hin, und vom Kandergrund herauf ertönte die Abendglocke.

Die Mutter stand still und faltete die Hände.

»Leg deine Hände zusammen, Toneli«, sagte sie, »es ist die Betglocke.«

Der Kleine gehorchte.

»Was muss ich beten, Mutter?« fragte er dann.

»Gib uns und allen Müden einen seligen Sonntag! Amen!« sprach die Mutter andächtig.
Toneli betete dasselbe. Plötzlich schrie er: »Der Vater kommt!«
Vom Mattenhof herunter kam einer gelaufen, so schnell er konnte.
»Das ist nicht der Vater«, sagte die Mutter, und beide gingen dem Fremden entgegen. Als sie ihn erreichten, blieb der Mann stehen und sagte keuchend: »Geht nicht weiter, kehrt um, Elsbeth, ich wollte gerade zu Ihnen, es ist etwas geschehen.«
»Ach, du mein Gott!« rief die Frau in höchster Angst aus, »Ist's etwas mit dem Toni?«
»Ja, er war beim Holzfällen, und da ist er getroffen worden. Sie haben ihn heimgebracht, er liegt oben im Mattenhof. Aber geht nicht hinauf«, fügte er hinzu und hielt die Elsbeth fest, die gleich fort wollte, als sie die Nachricht vernommen hatte.
»Nicht hinauf?« sagte sie rasch, »ich muss doch zu ihm. Ich muss ihm helfen und sehen, dass sie ihn heimbringen.«
»Ihr könnt nichts helfen, er ist – er ist schon tot«, brachte der Mann jetzt mit unsicherer Stimme hervor. Dann kehrte er um und lief wieder zurück, froh, seinen Auftrag ausgeführt zu haben.
Die Frau Elsbeth war auf den Stein am Weg niedergesunken, unfähig weder zu stehen noch zu gehen. Sie hielt ihre Schürze vor das Gesicht und brach in ein Weinen und Schluchzen aus, dass es dem Toneli angst und bange wurde. Er schmiegte sich ganz nahe an die Mutter und begann auch zu weinen.
Es war schon dunkel, als Elsbeth sich endlich wieder beruhigen und an ihr Kind denken konnte. Der Kleine saß noch neben ihr auf dem Boden, hatte die kleinen Hände in die Augen gedrückt und wimmerte kläglich. Die Mutter zog ihn in die Höhe.
»Komm, Toneli, wir müssen heim, es ist spät«, sagte sie und nahm ihn bei der Hand.
Aber er wollte nicht gehen.
»Nein, nein, wir müssen noch auf den Vater warten«, sagte er und zog die Mutter zurück.
Sie konnte wieder die Tränen nicht zurückhalten. »Ach, Toneli, der Vater kommt nicht mehr«, sagte sie mit unterdrücktem Schluchzen. »Er feiert jetzt schon den seligen Sonntag, den wir für die Müden erbeten haben. Sieh, der liebe Gott hat ihn in den Himmel genommen. Da hat er's jetzt so schön, dass er am liebsten dort bleibt.«

»Dann wollen wir auch gehen«, sagte Toneli und machte sich gleich auf den Weg.

»Ja, ja, wir kommen dann auch hin«, versprach die Mutter. »Aber jetzt müssen wir zuerst noch heim ins Steinhüttchen«, und schweigend ging sie mit dem Kleinen zu der stillen Hütte zurück.

Der Mattenhofbauer ließ der Elsbeth am anderen Tag sagen, er wolle alles besorgen, was für ihren Mann noch getan werden müsse. Sie solle dann nur zum Begräbnis kommen, vorher nicht, denn sie würde ihren Mann nicht mehr erkennen. Er schickte ihr auch ein wenig Geld, damit sie für die nächste Zeit nicht zu große Sorgen habe, und versprach, auch später an sie zu denken. Elsbeth folgte seinem Rat. Sie blieb daheim, bis unten in Kandergrund die Glocken ertönten, die zum Begräbnis riefen. Dann ging sie, um ihren Mann zu seiner Ruhestätte zu begleiten.

Es kamen traurige und schwere Tage für die Elsbeth. Ihr braver, guter Mann fehlte ihr überall, sie fühlte sich ganz verlassen ohne ihn. Dazu kamen nun die Sorgen, die sie bis jetzt wenig gekannt, da ihr Mann täglich seinen guten Verdienst gehabt hatte. Jetzt aber meinte sie zuweilen, sie müsse fast verzweifeln. Sie hatte nichts als ihre Geiß und das Kartoffeläckerchen hinter der Hütte. Davon musste sie sich und den Kleinen ernähren und kleiden und dazu die Miete für das kleine Haus zusammenbringen.

Die Elsbeth hatte nur einen Trost, aber einen solchen, der sie immer wieder aufrichtete, wenn Schmerz und Sorgen sie erdrücken wollten. Sie betete. Und wenn auch manchmal unter Tränen, doch immer mit der festen Zuversicht, dass der liebe Gott auf ihr Flehen höre.

Hatte sie am Abend ihren kleinen Toni in sein Bettchen gelegt, so kniete sie bei ihm nieder und betete laut ihr altes Lied, das ihr jetzt so tief aus dem Herzen kam, wie nie zuvor:

»Ach lieber Gott, ach Vaterherz,
Mein Trost von so viel Jahren,
Wie lässt du mich so manchen Schmerz
Und große Angst erfahren!

Ach, Herr, wie lange willst du mein
So ganz und gar vergessen?

Wie lange soll ich traurig sein,
Mein Brot mit Tränen essen?

Nach dir, o Herr, verlanget mich
Im Jammer dieser Erden.
Mein Gott, ich harr und hoff auf dich,
Lass nicht zuschanden werden

Herr, deine Magd, dass unverzagt
Ich trage, was du schickst,
Bis du mein Schrein vom Himmel dein
Erhörst und mich erquickst!«

Und während sie betete, weinte die Mutter bitterlich. Und der kleine Toni wurde tief in seinem Herzen bewegt vom Weinen der Mutter und innigem Gebet, hielt fest seine Hände gefaltet und weinte leise mit.
So ging die Zeit dahin. Elsbeth kämpfte sich durch, und der kleine Toni konnte ihr schon bei vielen Arbeiten behilflich sein, denn er war nun sieben Jahre alt geworden. Er war die einzige Freude der Mutter. Und Freude konnte sie an ihm haben, denn er war folgsam und willig in allem, was sie von ihm haben wollte. Er war die ganze Zeit über immer bei seiner Mutter gewesen, sodass er genau wusste, wie die Arbeiten des Tages verrichtet werden mussten. Und er wünschte nichts weiter, als der Mutter zu helfen, wo er konnte.
Arbeitete sie auf dem Acker, so kauerte er neben ihr, rupfte das Unkraut aus und warf die Steine auf den Weg hinüber. Holte die Mutter die Geiß aus dem Stall, damit sie das Gras neben der Hütte abweiden könne, so ging er Schritt für Schritt mit ihr. Denn die Mutter hatte ihm gesagt, er müsse sie hüten, damit sie nicht fortlaufe. Saß die Mutter im Winter an ihrem Spinnrad, so saß er die ganze Zeit neben ihr und flocht aus festen Tuchstreifen seine Winterschuhe, wie die Mutter es ihm gelehrt hatte. Er kannte keine größeren Wunsch, als seine Mutter froh und zufrieden zu sehen. Sein größtes Glück aber war, wenn wieder der Sonntag kam und die Mutter sich von aller Arbeit ausruhte. Dann saß sie mit ihm auf der kleinen hölzernen Bank vor dem Hüttchen, erzählte ihm vom Vater und den glücklichen Jahren, die sie zusammen verlebt hatten.

Nun aber war die Zeit gekommen, da Toni zur Schule musste. Es fiel ihm sehr schwer, von seiner Mutter wegzugehen und so lange von ihr fortzubleiben. Der weite Weg nach Kandergrund hinunter und wieder herauf kostete schon viel Zeit, sodass der Toni fast den Tag über nicht mehr mit seiner Mutter zusammen war, nur noch am Abend. Er kam zwar immer so schnell nach Hause, dass sie es fast nicht begreifen konnte, denn er freute sich schon den ganzen Tag darauf, wieder daheim zu sein. Mit den Schulkameraden vertrödelte er keine Zeit, sondern lief gleich von ihnen weg, sobald die Schule zu Ende war. Er wollte nicht mit den anderen Buben spielen, da er ja stets ganz allein, nur mit der still arbeitenden Mutter gelebt hatte. Er war es gewohnt, ohne Lärm fleißig bei einer bestimmten Beschäftigung zu sein.

So war es ihm ganz fremd, und er hatte keine Freude daran, wenn die Buben beim Heraustreten aus dem Schulhaus ein großes Geschrei anstimmten. Er hatte keinen Spaß daran, wenn einer dem anderen nachlief, wenn sie probierten, wer der Stärkere sei und einander zu Boden warfen, sodass die Kappen weit wegflogen und die Kleider halb durchgerissen wurden. Oft riefen ihm die Kämpfer zu: »Komm und mach mit!« Und wenn er dann davonlief, riefen sie ihm nach: »Du bist ein Duckmäuser!« Aber das machte ihm wenig, er hörte es nicht lange, denn er lief sehr schnell, um wieder daheim bei der Mutter zu sein.

Jetzt entdeckte er in der Schule eine neue Lieblingsbeschäftigung. Er hatte auf weißen Tafeln schöne Tiere abgebildet gesehen, die die Kinder der oberen Klassen nachzeichneten. Schnell probierte er das auch mit seinem Bleistift, und daheim fuhr er dann fort, die Tiere immer wieder zu zeichnen, solange er noch ein Stück Papier hatte. Dann schnitt er die Tiere aus und wollte sie auf den Tisch stellen, aber das ging nicht. Da kam er plötzlich auf den Gedanken, dass, wenn sie aus Holz wären, sie gewiss stehen könnten.

Er fing schnell an, mit seinem Messer an einem Holzstückchen herumzuschneiden, bis ein Leib und vier Beine entstanden. Aber zu einem Hals und dem Kopf darauf reichte das Holz nicht. Er musste ein anderes Stück nehmen und von Anfang an berechnen, wie hoch es sein und wo der Kopf sitzen müsse. So schnitzte der Toni mit viel Ausdauer an seinem Holzstück, bis er etwas Ähnliches wie eine Geiß zurechtgeschnitten hatte und es nun mit großer Befriedigung der

Mutter zeigen konnte. Sie war sehr erfreut über seine Geschicklichkeit und sagte: »Du wirst gewiss einmal ein Holzschnitzer und ein recht guter.«
Von der Zeit an untersuchte Toni jedes Stückchen Holz, das er fand, ob es gut zum Schnitzen wäre. War das der Fall, so packte er es schnell ein, sodass er manchmal alle Taschen voller Holzstücke heimbrachte. Diese warf er dann wie Schätze zu einem Häufchen zusammen und fing in jeder freien Minute wieder zu schnitzen an.
So vergingen die Jahre. Wenn Elsbeth auch immer viele Sorgen plagten, so hatte sie doch an ihrem Toni nur Freude. Er hing an ihr mit immer gleicher Liebe, half ihr in allem, so gut er nur konnte. Sonst widmete er sich ganz seiner stillen Beschäftigung, in der er es nach und nach zu einer ganz erfreulichen Geschicklichkeit brachte. Der Toni fühlte sich auch nirgends so wohl, als wenn er im Steinhüttchen bei seiner Schnitzerei saß. Die Mutter ging geschäftig hinaus, kam bald herein, sagte ihm wieder ein freundliches Wort und setzte sich zuletzt neben ihn an ihr Spinnrad.

2. Kapitel

Ein schwerer Spruch

Toni war schon im Winter zwölf Jahre alt geworden, und er hatte nun die Schule hinter sich. Die Zeit war gekommen, da man sich nach einer Arbeit für ihn umsehen konnte, die ihm etwas eintrug, und bei der er lernen konnte, was ihm in den kommenden Jahren helfen würde. Der Frühling war da, und auf den Feldern hatte die Arbeit begonnen. Die Mutter meinte, es sei am besten, wenn sie den Mattenhofbauer frage, ob er etwas leichte Arbeit für den Toni hätte. Aber jedes Mal, wenn sie davon anfing, bat er dringend: »Ach, Mutter, tu's doch nicht, lass mich doch ein Holzschnitzer werden!«
Dagegen hätte sie nichts gehabt, aber sie wusste keinen Weg, wie das zu machen sei. Den Bauer oben auf dem Mattenhof kannte sie ja von ihrem Mann her, er hatte ihr auch seit dessen Tod von Zeit zu Zeit ein wenig Holz oder Mehl geschickt. Sie hoffte, dass er den Toni erst für leichtere Dienste auf dem Feld verwenden wurde, sodass dieser nach und nach die schwerere Arbeit erlerne. So sagte sie noch einmal, als sie am Samstagabend nach vollendetem Tagewerk mit dem Toni bei ihrem spärlichen Abendessen saß: »Toni, nun müssen wir

etwas unternehmen. Ich meine, es wäre das Beste, wenn ich morgen zu dem Mattenhof hinaufginge.«

»Ach, Mutter, tu nur das nicht!« bat der Toni gleich flehentlich, »geh nur nicht zu dem Bauer! Lass mich nur ein Holzschnitzer werden, ich will auch so fleißig sein, dass ich genug verdiene und du nicht mehr so angestrengt arbeiten musst. Dann kann ich bei dir daheimbleiben. Sonst müsstest du ja ganz allein sein, und ich kann es auch nicht aushalten, wenn ich immer fort sein muss. Lass mich bei dir, schick mich nicht fort, Mutter!«

»Ach, du guter Toni«, sagte die Mutter, »was wollte ich dafür geben, dass ich dich immer mir behalten könnte! Aber das wird nicht gehen. Zum Holzschnitzen weiß ich keinen Weg, es musste dir's ja jemand zeigen. Und wenn du's auch könntest, wie wollten wir denn die Sachen verkaufen? Da muss man Leute kennen und herumkommen, sonst bringt die Arbeit keinen Verdienst ein. Wenn ich nur mit jemand reden könnte, der mir einen guten Rat gäbe.«

»Kennst du denn niemand, Mutter, den man fragen könnte?« sagte Toni ängstlich und grübelte nach, wo jemand zu finden wäre. Auch die Mutter dachte nach.

»Ich glaube, ich werde zum Herrn Pfarrer gehen, der gibt mir schon einen Rat«, sagte die Mutter, selbst erfreut über den Ausweg, den sie gefunden hatte.

Toni war ganz glücklich, und nun wurde gleich ausgemacht, dass sie früh am Morgen hinunter zur Kirche gehen wollten. Dann sollte die Mutter zum Herrn Pfarrer hineingehen und der Toni draußen auf sie warten. Wie sie es sich vorgenommen hatten, so wurde am Sonntagmorgen alles ausgeführt. Die Mutter hatte von den geschnitzten kleinen Tieren zwei in die Tasche gesteckt, um sie dem Herrn Pfarrer als Beweis der guten Anlagen ihres Jungen zu zeigen.

Der Pfarrer empfing sie sehr freundlich. Sie musste sich neben ihn setzen, und er fragte interessiert nach ihrem Anliegen. Denn er kannte die Elsbeth und wusste, wie brav sie sich in den schweren Tagen geholfen hatte. Sie erzählte ihm nun die ganze Sache, wie Toni von früh auf sich so gern mit Schnitzen beschäftigt habe und nun nichts sehnlicher wünsche, als mit dieser Arbeit Geld zu verdienen. Sie wusste aber keinen Weg, wie er das Schnitzen erlernen könne und auch nicht, wie nachher die Arbeiten verkauft werden. Zuletzt zeigte sie die beiden Tierlein als Beweis von Tonis Geschicklichkeit. Der

Herr Pfarrer sagte nun der Frau, dass die Sache schwer auszuführen sei. Wären auch die zwei Geißlein gar nicht übel geschnitzt, so müsste doch Toni, um wirklich etwas Rechtes zu leisten und sein Brot damit zu verdienen, erst bei einem guten Schnitzer lernen. Denn nur kleine Tierlein oder Schächtelchen verfertigen, das sei nichts, bringe auch nichts ein, er würde nur seine Zeit damit verlieren.
Es sei aber unten im Dorf Frutigen ein sehr geschickter, weit bekannter Holzschnitzer, der mache prächtige große Arbeiten, die weit in die Welt bis nach Amerika hinauskämen. Der schneide ganze Tiergruppen auf hohen Felsen aus, Gämsen und Adler und ganze Alpen mit dem Senn und den Kühen. Mit diesem Schnitzer möge Elsbeth reden. Würde der Toni bei ihm lernen, so könnte er ihm dann auch zum Verkauf der fertigen Arbeiten verhelfen, er habe genug Wege dazu offen.
Die Elsbeth verließ mit Dank und neuer Hoffnung im Herzen den Herrn Pfarrer. Vor dem Haus wartete Toni in großer Spannung. Sogleich musste sie alles berichten, was der Herr Pfarrer gesagt hatte. Und als sie zuletzt von dem Schnitzer in Frutigen erzählte, blieb der Toni plötzlich stehen und bat: »So komm doch, Mutter, wir wollen gleich auf der Stelle hingehen.«
Daran hatte aber die Mutter gar nicht gedacht. Sie machte viele Einwendungen, doch der Toni bat so eindringlich, dass sie endlich sagte: »Heim müssen wir noch und etwas essen, der Weg ist zu weit. Aber wir können das schnell erledigen und dann gleich wieder fortgehen.« So wanderten sie eilig dem Hüttchen zu, nahmen ein wenig Milch und Brot und machten sich gleich wieder auf den Weg. Sie hatten mehrere Stunden zu gehen, aber Toni war so mit den Plänen und Gedanken für die Zukunft beschäftigt, dass ihm die Zeit verflog wie ein Traum. Er blickte ganz erstaunt auf, als die Mutter sagte: »Sieh, dort ist der Kirchturm von Frutigen.«
Bald standen sie vor dem Haus des Holzschnitzers und hörten von den Kindern vor der Tür, dass der Vater daheim sei.
Drinnen in der großen, getäfelten Stube saß der Schnitzer mit seiner Frau am Tisch und schaute mit ihr in einem großen Buch schöne gemalte Tierbilder an. Die konnte er für sein Handwerk gut gebrauchen. Als die beiden eintraten, hieß er sie willkommen. Er lud sie ein, Platz auf der hölzernen Bank zu nehmen, auf der er selbst mit seiner Frau saß und die längs der Wand um die ganze Stube ging. Elsbeth

folgte der Einladung und begann gleich, dem Schnitzer zu berichten, weshalb sie gekommen sei, und was sie gern von ihm wüsste.
Der Toni stand wie angewurzelt da, und seine Augen starrten unbeweglich auf einen Punkt. Vor ihm an der Wand stand ein Glasschrank, in dem zwei hohe, aus Holz geschnittene Felsblöcke zu sehen waren. Auf dem einen stand eine Gämse mit ihren Jungen. Sie hatten so zierliche, schlanke Beinchen, und die schönen Köpfe saßen so natürlich auf den Hälsen, dass es aussah, als seien sie lebendig und gar nicht aus Holz gemacht. Auf dem anderen Felsblock stand ein Jäger, die Flinte hing an seiner Seite, der Hut, sogar mit einer Feder daran, saß auf dem Kopf. Alles war so fein geschnitzt, dass man meinte, es müsse ein wirklicher Hut und eine wirkliche kleine Feder sein, und doch war alles von Holz.
Neben dem Jäger stand der Hund, und es war nicht anders, als wedele er gerade mit dem Schwanz. Toni war wie verzaubert. Er bewegte sich nicht und holte kaum Atem.
Als die Mutter ausgeredet hatte, sagte der Schnitzer, es komme ihm fast vor, als meine sie, die Sache gehe so halb von selbst, das sei aber nicht so. Wenn etwas Rechtes geleistet werden solle, so koste das Lernen viel Zeit und Mühe. Doch wäre er nicht abgeneigt, den Buben zu übernehmen, es schiene ihm, als habe er Lust zu der Sache. Er müsse aber ein paar Monate gegen ein Kostgeld in Frutigen bleiben und außerdem ein Lehrgeld zahlen, etwa ebenso viel wie das Kostgeld. Und die Frau müsse selbst wissen, ob sie so viel für den Buben ausgeben wolle. Er könnte dagegen versprechen, dass der Bub etwas Rechtes lerne, sie möge dort im Kasten sehen, was er ihn lehren könne.
Die Elsbeth konnte vor Leid und Schrecken zuerst kein Wort herausbringen. Nun wusste sie, dass es eine völlige Unmöglichkeit sei, den größten Wunsch ihres Buben zu erfüllen. Das notwendige Kost- und Lehrgeld überstieg alles, was sie aufbringen konnte, so weit, dass die Frage schon entschieden war. Tonis Pläne mussten scheitern.
Sie stand auf und dankte dem Schnitzer für seine Bereitwilligkeit, den Buben zu nehmen, sie müsse aber darauf verzichten. Dann winkte sie dem Toni. Dessen Blicke waren aber immer noch so unbeweglich auf den Schrank gerichtet, dass er nichts bemerkte. Sie nahm ihn bei der Hand und zog ihn leise mit sich zur Tür hinaus.

Draußen sagte Toni mit einem tiefen Atemzuge: »Hast du's gesehen im Schrank? Mutter hast du's gesehen?«
»Ja, ja, ich habe es schon gesehen, Toni«, antwortete die Mutter seufzend. »Aber hast du gehört, was der Schnitzer sagte?«
Toni aber hatte nichts gehört, alle seine Sinne waren auf einen Punkt gerichtet gewesen.
»Nein, ich habe nichts gehört. Wann kann ich gehen?« fragte er verlangend.
»Ach, es ist nicht möglich, Toni, nimm's dir nur nicht so zu Herzen. Sieh, ich kann's nicht machen, ich täte es so gern«, versicherte die Mutter. »Aber es würde mehr kosten als eine ganze Jahresmiete, und du weißt, wie hart ich arbeiten muss, um die jährlich zu bezahlen.«
Es war ein harter Schlag für den Toni. Die Hoffnung vieler Jahre war zerstört worden. Aber er wusste, wie seine Mutter arbeitete, wie wenig Gutes sie sich gönnte und wie sie immer noch nachdachte, ihm eine kleine Freude zu machen. Er sagte auch kein Wort und schluckte nur ganz still seine aufsteigenden Tränen hinunter. Aber er wurde jetzt erst recht betrübt, dass alle Hoffnung dahin war, denn zum ersten Mal hatte er gesehen, welch wundervolle Sachen man aus einem Stück Holz schnitzen konnte.

3. Kapitel

Oben in den Bergen

Am anderen Morgen ließ der Mattenhofbauer der Elsbeth sagen, sie solle gegen Abend zu ihm heraufkommen, er habe mit ihr zu reden. Zur rechten Zeit legte sie ihre Hacke weg, band die saubere Schürze um und sagte: »Mach du weiter, Toni. Dann kannst du die Geiß melken und ihr ein wenig frisches Stroh geben, dass sie besser liegt. Ich komme bald wieder.« Sie ging zum Mattenhof hinauf. Der Bauer stand unter dem offenen Scheunentor und schaute mit vergnügtem Gesicht nach seinen schönen Kühen, die in langer Reihe zum Brunnen wanderten. Elsbeth trat zu ihm.
»So, es ist recht, dass Ihr kommt«, sagte er und gab ihr die Hand. »Ich habe wegen des Jungen an Sie gedacht. Er ist jetzt in dem Alter, in dem er leichte Arbeiten verrichten kann, um Ihnen ein wenig zu helfen, wenigstens sich selbst durchzubringen.«

»Auch ich habe schon daran gedacht«, antwortete Elsbeth, »und wollte Sie fragen, ob Sie ihn zu kleinen Arbeiten auf dem Felde brauchen können?«
»Das trifft sich gut«, fuhr der Mattenhofbauer fort, »ich habe eine Arbeit für ihn, die wenig Mühe macht. Er kann auf der kleineren Alm die Kühe hüten. Auf der Großen ist der Senn mit seinem Buben. Ein Knecht ist auch dort, der kommt jeden Morgen und Abend herüber zum Melken, so ist der Bub nicht ganz allein. Er hat nichts zu tun, als die Kühe zu hüten. Er soll darauf achten, dass sich keine verläuft, dass sie sich nicht mit den Hörnern stoßen oder sonst etwas Ungeschicktes tun. Er ist auf der Alm sein eigener Herr und bekommt Milch, soviel er will. Besser kann es kein König haben.«
Die Elsbeth war ein wenig erschrocken über das Anerbieten. Der Toni war bisher selten mit den Knechten zusammengekommen und kannte sich mit dem Vieh kaum aus. Er war zum Kommandieren nicht geeignet, denn er war still und schüchtern. Zum ersten Mal ganz allein für mehrere Monate von daheim fort zu sein, auf einer Alm zu leben, eine Herde Kühe zu hüten, das kam ihr für den Toni fast zu schwer vor. Wie wäre der arme Junge, der gar nicht besonders kräftig war, verlassen, wenn ihm oder der Herde etwas zustieße.
Sie sagte dem Bauer alle ihre Bedenken. Aber er ließ nichts gelten, denn er glaubte, gerade für den Buben sei es gut, dass er einmal hinauskomme. Oben auf der Alm werde er auch kräftiger werden als daheim. Geschehen könne ihm nichts, denn man würde ihm ein Horn mitgeben. Sollte einmal etwas vorfallen, dann könne er in das Horn blasen, und sofort werde der Knecht von der anderen Alm herüberkommen. In einer guten halben Stunde sei er da.
Elsbeth dachte zuletzt, der Bauer verstände es wohl besser als sie. So wurde ausgemacht, wenn die Kühe nächste Woche auf die Alm ziehen, geht der Toni mit. »Er soll ein gutes Stück Geld und einen neuen Anzug haben, wenn er herunterkommt. Das tut auch Ihnen gut für den Winter«, sagte schließlich der Bauer.
Die Elsbeth nahm dankend Abschied und kehrte heim.
Toni wollte zuerst widersprechen, als er hörte, dass er für so lange fort sollte, ohne nur einmal zwischendurch heimkommen zu können. Aber die Mutter erzählte ihm, wie leicht der Dienst sei und dass er auf der Alm recht kräftig werde und dadurch später bessere Arbeit

bekomme. Außerdem wolle der Mattenhofbauer ihm einen neuen Anzug und ein Stück Geld als Lohn geben. Da zögerte Toni nicht mehr, sondern sagte, er wolle ja gern auch etwas tun und die Mutter nicht allein arbeiten lassen.

Nun überlegte die Elsbeth. Wenn der Toni den ganzen Sommer fort sei, so könne sie vielleicht nach Interlaken in eines der großen Gasthäuser gehen, wo den Sommer über so viele Fremde sind. Da könne sie ein gutes Stück Geld verdienen und dem kommenden Winter einmal ohne Sorgen entgegensehen. In Interlaken war sie schon bekannt, denn sie hatte vor ihrer Heirat mehrere Sommer in einem Gasthaus als Zimmermädchen gearbeitet.

Als nun der Tag kam, wo die große Schar der Kühe auf die Alm ziehen sollte, da gab die Mutter dem Toni sein Bündel und sagte: »So geh nun in Gottes Namen. Vergiss nicht zu beten, wenn der Tag anfängt und wenn er zu Ende geht. So wird dich der liebe Gott auch nicht vergessen, und sein Schutz ist besser als Menschenschutz.«

So zog der Toni mit seinem Bündel hinter der Herde zur Alm hinauf. Wenig später schloss Elsbeth ihre Hütte. Die Geiß brachte sie auf den Mattenhof. Als der Bauer vernommen, dass sie nach Interlaken gehe, hatte er ihr versprochen, die Geiß zu nehmen. Er versprach, wenn Elsbeth wieder heimkomme, werde sie ihr doppelt so viel Milch geben. Für die Milch der Geiß wollte er der Elsbeth später Käse geben. Nun ging sie hinunter nach Interlaken.

Die Herde war schon einige Stunden lang in die Höhe gestiegen. Der Senn schwenkte nun mit der großen Schar links ab, und der Knecht stieg mit Toni rechts hinauf. Ihnen folgte eine kleinere Herde, die aus wenigen Kühen, aber vielen jungen Rindern bestand. Denn viele Kühe konnte man auf der kleinen Alm nicht halten, weil die Milch auf die große hinübergetragen werden musste, wo die Sennhütte stand.

Jetzt waren sie auf dem höchsten Punkt der Alm angekommen. Da stand eine kleine Hütte. Ringsum war nur Weide, kein Baum, kein Strauch. In der Hütte war auf der einen Seite eine kleine Bank an der Wand festgenagelt, davor stand ein Tisch. Auf der anderen Seite war ein Heulager errichtet, und in der Ecke stand noch ein kleines, rundes Stühlchen und auf diesem ein hölzerner Krug.

Toni und der Knecht waren eingetreten. Dieser stellte das große hölzerne Milchgefäß, das er auf dem Rücken hinaufgetragen hatte, auf

den Boden. Er nahm daraus ein rundes Brot und ein großes Stück Käse hervor, legte beides auf den Tisch und sagte: »Ein Messer wirst du haben.« Toni bejahte es. Jetzt erfasste der Knecht den hölzernen Krug, schwang das große Milchgefäß wieder auf den Rücken und ging hinaus. Toni folgte ihm.
Der Knecht hob einen hölzernen Eimer aus dem großen Gefäß hervor, setzte sich auf das kleine runde Stühlchen, das er aus der Hütte genommen hatte, und fing an, eine Kuh nach der anderen zu melken. War eine zu weit weg, so rief er: »Treib sie her!« Und Toni gehorchte. War der Eimer gefüllt, so goss er die Milch in das große Gefäß, und schweigend fuhr er so fort, bis alle Kühe gemolken waren. Zum Schluss füllte der Knecht noch den Krug mit Milch, streckte ihn dem Toni hin, nahm das Gefäß auf den Rücken, den Eimer in die Hand und sagte: »Gute Nacht.« Damit ging er die Alm hinunter.
Jetzt war Toni ganz allein. Er stellte seinen Milchkrug in die Hütte hinein und kam wieder heraus. Er schaute sich nach allen Seiten um. Drüben sah er die große Alm mit der Sennhütte, aber zwischen ihr und seiner Alm war ein weites Tal. Da musste man erst hinunter, um zur Großen hinaufzusteigen. Rings um beide Almen schauten große, dunkle Bergmassen nieder, die einen felsig, grau und zerklüftet, die anderen mit Schnee bedeckt. Alle ragten so hoch und gewaltig zum Himmel auf und mit so verschiedenen Zacken und Hörnern und wieder mit so breiten Rücken, dass es dem Toni fast vorkam, als seien es ungeheure Riesen. Es kam ihm vor, als hätte jeder sein eigenes Gesicht und schaue auf ihn nieder.
Es war ein heller Abend. Die Alm drüben hatte eben noch golden im Abendschein geglänzt. Jetzt kam ein Sternlein über den dunklen Bergen zum Vorschein und schaute so freundlich auf Toni herab, dass es ihm ganz wohltat. Er dachte an die Mutter, wo sie jetzt wohl sei, und wie er sonst um diese Zeit noch mit ihr vor dem Hüttchen gestanden und sie so freundlich zu ihm geredet hatte. Da überkam ihn mit einem Mal das Gefühl der Einsamkeit, sodass er in die Hütte lief, sich auf sein Lager warf, sein Gesicht in das Heu drückte und leise schluchzte. Dann übermannte ihn die Müdigkeit des Tages, und er schlief ein.
Der helle Morgen lockte ihn früh hinaus. Schon war der Knecht draußen, melkte die Kühe, sagte kein Wort und ging wieder.

Nun folgte ein langer, langer Tag. Es war völlig still ringsum, und die Kühe grasten und lagen umher auf der sonnenbeschienenen Weide. Toni ging ein paarmal in die Hütte hinein, trank von seiner Milch und aß von dem Brot und Käse. Dann kam er wieder heraus, setzte sich auf den Boden und schnitzte an den Holzstücken herum, die er in seine Tasche gesteckt hatte. Wenn auch keine Hoffnung mehr war, ein Holzschnitzer werden zu dürfen, so konnte er es doch nicht lassen, für sich selbst zu schnitzen, so gut er es vermochte. Endlich wurde es wieder Abend. Der Knecht kam und ging, er sprach nie ein Wort, Toni hatte auch nichts zu sagen.

So verging ein Tag wie der andere. Sie waren alle so lang, so lang! Wenn es abends anfing dunkel zu werden, wurde es dem Toni immer unheimlich. Dann schauten die hohen Berge so schwarz und drohend aus, als könnten sie ihm auf einmal etwas antun. Dann zog er sich eilig in die Hütte zurück und verkroch sich in seinem Heulager.

Viele Tage waren schon so vergangen, einer ganz wie der andere. Immer hatte die Sonne am wolkenlosen Himmel geschienen, immer war abends das freundliche Sternlein über dem dunklen Berg aufgegangen.

Aber eines Nachmittags fingen dicke, graue Wolken an, über den Himmel hinzujagen, hier und da zuckten blendende Blitze. Und auf einmal ertönten furchtbare Donnerschläge, die krachend von den Bergen widerhallten, als wären es doppelt so viele. Nun brach ein schreckliches Unwetter los. Es wurde völlige Nacht, der Regen peitschte gegen die Hütte, dazwischen rollte der Donner mit fürchterlichem Widerhall über die Berge. Zuckende Blitze erhellten schwarze, schreckliche Riesengestalten, die ganz gespenstisch näher zu kommen schienen und immer drohender herunterschauten. Die Rinder liefen angstvoll und laut brüllend durcheinander, und große Raubvögel flatterten mit durchdringendem Gekrächze umher.

Toni war längst in die Hütte geflohen. Aber die Blitze erhellten ihm auch da die furchtbaren Gestalten, und der rollende Donner schien alle Augenblicke die Hütte in den Erdboden hineinschlagen zu wollen. Toni konnte vor Angst kaum noch atmen. Er klammerte sich an den Tisch und erwartete so jeden Augenblick, dass die Hütte zusammenfallen und ihn zerschmettern würde. Stundenlang dauerte das Gewitter, der Knecht kam nicht herüber. Es wurde nun wirklich

Nacht, aber immer noch zuckten die blendenden Blitze. Immer wieder rollten neue Donnerschläge, und um die Hütte heulte und toste der Sturm, als müsste sie fortgefegt werden.
Toni stand die halbe Nacht starr vor Schrecken an den Tisch geklammert da. Er hatte keine Gedanken mehr, nur das Gefühl einer furchtbaren Gewalt, die alles zerschmettere. Wie er auf sein Lager gekommen war, wusste er nicht. Am Morgen lag er quer über das Heu hingestreckt, so zerschlagen, dass er sich kaum erheben konnte. Angstvoll schaute er aus dem Fenster. Wie musste es draußen nach einer solchen Nacht ausschauen? Dann ging er hinaus, um nach den Kühen zu sehen. Der Boden war noch nass, die Tiere grasten aber ruhig. Der Himmel war grau und dicke schwarze Wolken zogen darüber. Finster und schrecklich anzusehen standen die hohen Berge da. Sie waren so nahe herangekommen und schauten den Toni immer drohender an. Er lief in die Hütte zurück.
Es folgten viele Gewittertage nacheinander, und kam zwischendurch einmal wieder die Sonne hervor, so stach sie unbarmherzig vom Himmel herab. Und neue Gewitter folgten so schnell hintereinander, dass der Senn drüben öfters sagte, einen solchen Sommer habe er seit Jahren nicht erlebt. Wenn sich das Wetter nicht bessern würde, so mache er nicht halb soviel Butter wie voriges Jahr. Denn die Kühe wollten keine Milch geben, das Futter schmecke ihnen nicht.
Während dieser Zeit suchte der Knecht die besten Augenblicke aus, um auf die kleine Alm herüberzukommen, melkte seine Kühe so schnell wie möglich und achtete dabei nicht auf den Buben. Nur hier und da, wenn er dachte, der Toni habe keine Milch mehr, holte er schnell den Krug heraus, füllte ihn und stellte ihn wieder hin. Er sah dann oft den Toni auf seinen Heulager sitzen und rief ihm zu: »Du bist ein Fauler!« Dann aber lief er gleich fort, um trocken hinüberzukommen, und kümmerte sich weiter nicht um Toni.
So war der Juni vergangen, auch schon ein guter Teil des Juli. Die Gewitter waren seltener geworden, aber dicke Nebel hüllten oft die Alm so ein, dass man kaum ein paar Schritte weit sah. Nur hoch oben kam hier und da ein schwarzer Berggipfel zum Vorschein, der finster durch die Nebel hervorblickte. Die Rinder verliefen sich oft so weit, dass der Knecht in dem Tal zwischen beiden Almen einige fand und wieder hinaufbrachte. So konnte es nicht weitergehen. Er rief oben sofort nach dem Buben, erhielt jedoch keine Antwort. Er lief

zur Hütte und trat ein. Toni saß auf seinem Lager in die Ecke gekauert und starrte vor sich hin.
»Warum siehst du nicht nach den Kühen?« fragte der Knecht.
Er erhielt keine Antwort.
»Kannst du nicht reden? Was ist denn mit dir?«
Keine Antwort.
Nun schaute der Knecht zu dem Brot und dem Käse, ob Toni alles gegessen und etwa Hunger gelitten habe. Aber noch war mehr als das halbe Brot da, vom Käse der größte Teil. Toni hatte fast nur Milch getrunken.
»Wo fehlt's dir denn? Bist du krank?« fragte der Knecht wieder.
Toni gab keine Antwort. Es war, als hörte er gar nichts. Er starrte so regungslos vor sich hin, dass es dem Knecht ganz unheimlich wurde. Er lief aus der Hütte zur anderen Alm hinüber. Drüben erzählte er dem Senn, wie es mit dem Hüterbuben ging. Sie machten aus, wenn einer von den Sennbuben mit der Butter hinuntergehe, so müsse man die Sache dem Mattenhofbauer berichten.
So verging wieder eine Woche. Dann wurde der Bauer benachrichtigt. Er meinte aber, der Bub werde schon wieder lustig werden, die starken Gewitter werden ihn ein wenig erschreckt haben. Doch bat er den Senn, er möge hinübergehen. Er habe ja eigene Buben und verstehe sich besser auf deren Art als der Knecht. Wenn etwas mit dem Toni sei, so müsse man ihn herunterbringen. Einige Tage später ging der Senn wirklich mit einem seiner Buben hinüber.
Er fand den Toni ebenso in die Ecke gekauert, wie der Knecht ihn gesehen hatte. Was der Senn auch sagen mochte, Toni gab keinen Laut von sich, rührte sich nicht und starrte immer vor sich hin.
»Er muss hinunter«, sagte der Senn zu seinem Buben, »geh gleich mit ihm. Aber gib acht, dass ihm nichts zustößt, und sei gut zu ihm, es ist ja zum Erbarmen mit dem Buben.« Dabei sah er mitleidig auf den Toni, denn der Senn hatte ein gutes Herz und Freude an seinen drei großen, frischen Buben. Der, den er bei sich hatte, war ein fester, stämmiger Bursche von sechzehn Jahren. Er trat zu Toni heran und sagte ihm, er sollte aufstehen, aber Toni regte sich nicht. Da fasste der Bursch ihn unter den Armen, hob ihn in die Höhe wie eine Feder, schwang ihn dann hinten auf seinen Rücken und packte ihn mit beiden Armen. So wanderte er mit der leichten Last die Alm hinab.

Als der Mattenhofbauer den Toni in dem traurigen Zustand sah, erschrak er. So hatte er ihn nicht erwartet. Er wusste gar nicht, was er mit dem Buben machen sollte. Die Mutter war weit weg, Verwandte waren keine da, und in diesem Zustand den Toni bei sich behalten, das mochte er nicht. Diese Verantwortung wollte er nicht auf sich laden.

Plötzlich kam ihm ein guter Gedanke. Derselbe, den die Leute dort in jeder Verlegenheit, in jeder Not und jedem Jammer immer zuerst haben. »Trag ihn zum Herrn Pfarrer«, sagte er zu dem Sennbuben, »der weiß schon einen Rat und wird helfen.« Der Bursche machte sich gleich wieder auf den Weg und kam zum Herrn Pfarrer. Dieser ließ sich alles erzählen, was der Bursche von dem Hergang der Sache wusste. Er fragte, wie Toni in diesen Zustand gekommen sei und wie lange er schon daure. Der Bursche wusste aber von allem sehr wenig. Der Pfarrer versuchte erst alle Mittel, Toni zum Sprechen zu bringen, fragte ihn, ob er zur Mutter wolle. Aber es war alles umsonst, Toni gab nicht das leiseste Zeichen des Verständnisses oder der Teilnahme von sich.

Jetzt setzte sich der Herr Pfarrer hin, schrieb einen Brief und sagte zu dem Sennburschen: »Geh zurück auf den Mattenhof und sag dem Bauer, er soll anspannen lassen und mir sein Wägelchen schicken. Ich will dann dafür sorgen, dass der Toni heute noch nach Bern kommt, er ist schwer krank, sag das dem Bauer.« Dieser spannte auf der Stelle an, froh, dass ihm die Verantwortung abgenommen worden war und er den Toni nur bis zur Bahnlinie hinunterzufahren hatte. Der Herr Pfarrer aber benachrichtigte seinen Küster. Das war ein älterer, freundlicher Mann, der schon seit vielen Jahren dem Herrn Pfarrer in manchem verantwortlichen Geschäft an die Hand gegangen war.

Ihm wurde der Auftrag erteilt, mit aller Sorgfalt den Toni zu der großen Heilanstalt in Bern zu bringen und dort dem Arzt, einem guten Bekannten des Herrn Pfarrers, dessen Brief zu übergeben. Eine halbe Stunde später fuhr das offene Wägelchen mit dem hohen Sitz vor das Pfarrhaus. Der Küster stieg hinauf, setzte den kranken Buben neben sich und hielt ihn sorgsam fest. So fuhr der Toni zum ersten Mal in seinem Leben, von einem Pferd gezogen, in die Welt hinaus. Aber er saß teilnahmslos da. Es war, als ob er von der Außenwelt gar nichts mehr vernähme.

4. Kapitel

In der Heilanstalt

Der Arzt der Anstalt saß mit seiner Familie bei einem fröhlichen Gespräch abends um den Familientisch. Selbst die Dame aus Genf, die täglich einige Stunden mit der Familie verbrachte, schien heute von der Munterkeit der Kinder ein wenig angesteckt. So lebendig hatte sie sich noch nie an der Unterhaltung beteiligt, die über verschiedene Interessen der Schuljugend geführt wurde.
Der Dame war ein geliebter, sehr begabter Knabe vor nicht langer Zeit gestorben. Der Tod ihres Kindes hatte sie so mitgenommen, dass ihre Gesundheit schwer gelitten hatte und sie daher in die Anstalt gebracht worden war, um dort Genesung zu finden.
Die belebte Unterhaltung wurde plötzlich dadurch unterbrochen, dass dem Arzt ein Brief übergeben wurde.
»Ein Brief von einem Bekannten, der mir einen Kranken in die Anstalt schickt. Es ist ein Junge, kaum so alt wie unser Max – da lies.« Damit überreichte der Doktor den Brief seiner Frau.
»Ach, der arme Junge!« rief die Frau, »ist er denn da? Hol ihn doch her. Vielleicht tut es ihm gut, Kinder zu sehen.«
»Ich glaube, er ist ganz in der Nähe«, sagte der Doktor, ging hinaus, und bald kam er mit dem Küster und Toni wieder herein. Er zog den Ersteren mit sich zu einer Fensternische und fing hier halblaut mit ihm zu sprechen an. Inzwischen näherte sich die Hausfrau dem Toni, der sich beim Hereintreten in die nächste Ecke gedrückt hatte. Sie sprach freundlich mit ihm und forderte ihn auf, an den Tisch zu kommen und mit ihren Kindern etwas zu essen. Toni rührte sich nicht. Jetzt sprang die kleine kecke Marie vom Sessel und kam mit einem großen Butterbrot zu Toni. »Da, beiß einmal hinein«, sagte sie ermunternd.
Toni blieb unbeweglich.
»Sieh, so musst du's machen«, und die Kleine biss ein großes Stück von dem Brot ab. Sie hielt es ihm dann wieder hin, immer näher, er hätte jetzt nur hineinzubeißen brauchen. Aber er starrte vor sich hin und machte keine Bewegung. Dieser tonlose Widerstand wurde Marie unheimlich, sie zog sich leise zurück.

Jetzt kam der Doktor näher, nahm den Toni bei der Hand und ging, vom Küster gefolgt, hinaus.

Der arme Toni hatte auf die Kinder einen großen Eindruck gemacht, sie waren ganz still geworden. Später, als sie zu Bett gegangen waren und die beiden Frauen noch allein zusammensaßen, kam der Doktor wieder zurück. Er erzählte nun auf die drängenden Fragen der beiden alles, was ihm der Küster über den Verlauf der Krankheit und auch über das Leben des Toni mit seiner Mutter mitgeteilt hatte. Er sagte auch, dass man vorher nie etwas Krankhaftes an dem Jungen bemerkt habe. Er sei nur immer ein stilles und zahmes Kind und auch zarter gebaut gewesen als alle anderen.

Die Frauen fragten, wie er denn im Sommer auf der schönen Alm diese Krankheit bekommen hätte? Und der Doktor erklärte, das sei so unbegreiflich nicht, wenn man wisse, wie schrecklich die Gewitter oben in den Bergen seien. Noch dazu wäre er ein zartes Kind, das ganz allein, ohne Menschen in der Nähe, ganze Wochen, ja monatelang kaum einen Menschen gesehen hätte. »Da«, so schloss er, »kann vor Furcht und Grauen in der unheimlichen Einsamkeit ein Kind wohl so erschrecken, dass es gänzlich erstarrt.«

Jetzt geriet die Genfer Dame, die einen ganz ungewöhnlichen Anteil an dem Geschick des armen Toni nahm, in große Aufregung. »Wie kann eine Mutter zulassen, dass so etwas mit ihrem Kind geschieht. Es ist ja völlig unbegreiflich, ganz unfasslich!«

»Sie können ja nicht ahnen«, erwiderte besänftigend der Arzt, »was arme Mütter oft mit ihren Kindern geschehen lassen müssen. Glauben Sie nur nicht, dass es ihnen weniger wehtut als anderen. Sie sehen daraus, wie vieles ertragen wird, wovon wir nichts wissen, und wie schwer die Armut drücken kann.«

»Wird man auch dem armen Jungen wieder helfen können?« fragte die Frau des Arztes.

»Wenn ich nur eine rechte Gemütsbewegung bei ihm hervorbringen könnte«, entgegnete er, »dass der Bann sich lösen würde, der ihn gefangen hält. Jetzt ist alles in ihm völlig starr und leblos.«

»Ach, helfen Sie ihm! Helfen Sie ihm!« bat die kranke Dame eindringlich. »Wenn ich nur etwas für ihn tun könnte!« Und in großer Aufregung ging sie hin und her und wollte helfen, denn Tonis Geschick ging ihr sehr zu Herzen.

Es war in der zweiten Woche des August gewesen, als Toni in die Anstalt gekommen war. Tag um Tag, Woche um Woche vergingen, der Doktor konnte den beiden Frauen, die jeden Morgen seinem Bericht mit großem Verlangen entgegensahen, immer nur dieselbe traurige Kunde bringen. Nicht die leiseste Änderung war zu merken. Alle Mittel wurden versucht, den Knaben zu erfreuen, ob er vielleicht lachen würde. Alle Mittel, ihn zu rühren, damit er weinen möchte, schlugen fehl. Man machte ihm allerlei Künste vor, um seine Aufmerksamkeit zu erregen. Alles, alles war umsonst, keine Spur von Teilnahme oder Bewegung war bei dem Toni hervorzubringen.

»Wenn er nur einmal zum Lachen oder zum Weinen zu bringen wäre«, wiederholte der Doktor immer wieder. Aber bald war er vier Wochen in der Anstalt, alle Hoffnung schwand, der Arzt hatte alle Mittel erschöpft.

»Jetzt will ich noch eines versuchen«, sagte er eines Morgens zu seiner Frau. »Ich habe an meinen Freund, den Pfarrer geschrieben und ihn gefragt, ob der Junge sehr an seiner Mutter gehangen habe. Wenn ja, so solle er sie in den nächsten Tagen herschicken. Vielleicht macht das Wiedersehen einen Eindruck auf ihn.«

Mit größter Spannung sahen die Frauen nun der Ankunft der Elsbeth entgegen.

In der ersten Septemberwoche hatten die letzten Gäste das Gasthaus in Interlaken verlassen, in dem Elsbeth den Sommer verbracht hatte. Sie machte sich gleich auf den Weg nach Hause, denn sie wollte alles in Ordnung bringen, bevor Toni von der Alm herabkäme. Sie dachte, dass er noch oben sei, und hatte keine Ahnung von allem, was vorgefallen war.

Als sie daheim ankam, ging sie gleich zu dem Mattenhof, um nach dem Toni zu fragen und ihre Geiß zu holen. Der Bauer war sehr freundlich, meinte, ihre Geiß sei jetzt weit und breit eine von den schönsten, weil sie so lang gut gefuttert hätte. Als die Elsbeth aber nun nach ihrem Toni fragte, brach er das Gespräch schnell ab und sagte, er habe noch so viel zu tun. Sie möge nur zum Herrn Pfarrer gehen, er wisse am besten Bescheid über den Buben. Es kam der Elsbeth gleich ein wenig sonderbar vor, dass der Herr Pfarrer am besten wissen sollte, was auf der Alm vorgehe. Und während sie die Geiß heimführte und darüber nachdachte, stieg ein ängstliches Gefühl in ihr auf und wurde immer stärker. Daheim band sie schnell die Geiß an, ging gar nicht ins Hüttchen hinein, sondern lief auf demselben Weg, den sie eben gekommen war, wieder bis nach Kandergrund hinunter.

Der Herr Pfarrer sagte ihr mit großer Schonung, der Toni habe das Leben auf der Alm nicht gut vertragen, man habe ihn herunterbringen müssen. Und da es am besten für ihn gewesen sei, dass er schnell zu einem guten Arzt in die rechte Pflege komme, so habe er den Buben gleich nach Bern geschickt.

Die Mutter war sehr erschrocken und wollte am nächsten Tag sofort hinunterreisen, um selbst zu sehen, ob ihr Kind sehr krank sei.

Der Herr Pfarrer aber meinte, das gehe nicht, sie müsse warten, bis der Arzt einen Besuch erlaube, sie könne jedoch sicher sein, dass ihr Toni die beste Pflege genieße.

Mit schwerem Herzen ging Elsbeth in ihr Hüttchen zurück. Sie konnte nichts tun, nur alles dem lieben Gott anvertrauen, er allein war ja ihr Trost seit so vielen Jahren. Es dauerte aber nur wenige Tage, so schickte der Herr Pfarrer ihr den Bescheid, sie solle gleich nach Bern reisen, der Doktor wünsche, dass sie komme.

Früh am folgenden Tag machte sich Elsbeth auf den Weg. Um die Mittagsstunde hatte sie Bern erreicht, und bald stand sie vor der Pforte der Anstalt.

Sie wurde zu dem Wohnzimmer des Arztes geführt und hier mit großer Freundlichkeit von seiner Frau und mit einer noch lebhafteren Teilnahme von der Genfer Dame empfangen. Diese hatte sich so in die Geschichte des armen Toni und seiner Mutter hineingelebt, dass sie nur noch daran dachte, wie den beiden zu helfen sei. Sie hatte ja auch nur ein Kind gehabt und konnte sich den Kummer der Mutter gut vorstellen.

Sie hatte auch den Arzt gebeten, dabei sein zu dürfen, wenn er den Buben zu der Mutter führen wurde. Sie wollte sich auch daran erfreuen, wenn beim Wiedersehen die Freude bei dem armen Kind durchbrechen würde. So hoffte sie jedenfalls. Bald erschien auch der Doktor, und nachdem er die Mutter darauf vorbereitet hatte, dass Toni im ersten Augenblick noch nicht sprechen werde, holte er ihn. Er führte ihn an der Hand ins Zimmer, ließ ihn dann los und trat selbst zur Seite.

Die Mutter lief auf ihren Toni zu und wollte seine Hand fassen. Er zog sie zurück, kauerte sich in die Ecke und starrte ins Leere.

Die Frauen und der Arzt wechselten traurige Blicke.
Die Mutter ging ihm nach und streichelte ihn. »Toneli, Toneli«, sagte sie immer wieder mit zärtlicher Stimme, »kennst du mich denn nicht? Kennst du deine Mutter nicht mehr?«
Wie immer wich Toni in eine Ecke zurück, machte keine Bewegung und schaute starr vor sich hin.
Die zärtlichen Töne der Mutter gingen in jammernde Ausrufe über: »Ach, Toneli, sag nur ein einziges Wort! Sieh mich nur einmal an! Toneli, hörst du mich gar nicht?«
Toni blieb unbeweglich.
Noch einmal schaute die Mutter voller Zärtlichkeit auf ihn, sie sah seine völlig starren Augen. Es war zu viel für die arme Elsbeth. Das einzige Gut, das sie auf Erden besaß und an dem sie mit ganzer Seele hing, ihr Toni sollte ihr auf so traurige Weise genommen worden sein! Sie vergaß alles um sich her. Sie fiel neben ihrem Kind auf die Knie nieder, und während ihr die Tränen aus den Augen stürzten, betete sie laut aus dem Jammer ihres Herzens heraus:

»Ach lieber Gott, ach Vaterherz,
Mein Trost von so viel Jahren,
Wie lässt du mich so manchen Schmerz
Und große Angst erfahren!

Ach Herr, wie lange willst du mein
So ganz und gar vergessen?
Wie lange soll ich traurig sein,
Mein Brot mit Tränen essen?«

Tonis Augen hatten einen anderen Ausdruck bekommen, er schaute seine Mutter an. Sie sah es nicht und fuhr unter Tränen zu flehen fort:

»Nach dir, o Herr, verlangt mich
Im Jammer dieser Erden.
Mein Gott ich harr und hoff auf dich,
Lass nicht zuschanden werden.«

Plötzlich warf sich Toni auf die Mutter und schluchzte laut auf. Sie umschlang ihn, und ihr Jammern ging in lautes, freudiges Schluchzen über. Auch das Kind schluchzte laut.
»Es ist gewonnen«, sagte der Doktor in heller Freude zu den Frauen, die tief bewegt auf die Mutter und den Buben schauten,
Jetzt öffnete der Doktor das Nebenzimmer und winkte der Elsbeth, mit dem Toni dort hineinzugehen. Er hielt es für gut, dass die beiden nun eine Weile allein seien. Drinnen fing nach einiger Zeit, der Toni ganz natürlich mit seiner Mutter zu sprechen an und fragte: »Gehen wir heim, Mutter, ins Steinhüttchen? Muss ich nicht mehr auf die Alm?«
Und sie beruhigte ihn und sagte, sie nehme ihn jetzt gleich mit heim, und da blieben sie beieinander. Bald konnte der Toni sich wieder an alles erinnere. Nach einer Weile sagte er: »Aber ich muss etwas verdienen, Mutter.«
»Kümmere dich jetzt nicht darum«, beruhigte Elsbeth ihn, »der liebe Gott wird schon einen Weg zeigen, wenn es Zeit ist.«
Dann fing sie an, ihm von der Geiß zu erzählen, wie schön und fett sie geworden sei, und Toni wurde nach und nach ganz lebendig.
Nach einer Stunde holte der Doktor die beiden ins Wohnzimmer zu den Frauen zurück. Toni war völlig verändert, seine Augen hatten jetzt einen ernsthaften, aber ganz verständigen Ausdruck. Die Genfer Dame hatte eine unbeschreibliche Freude. Sie setzte sich gleich zu ihm hin, und er musste ihr erzählen, wo er in die Schule gegangen und was er gern gelernt habe.
Der Doktor aber winkte Elsbeth zu sich heran.
»Hört, gute Frau«, fing er an, »das Gebet hat einen tiefen, erschütternden Eindruck auf das Herz des Buben gemacht. Kannte er das Lied schon?«
»Ach du mein Gott«, rief die Elsbeth aus, »viele hundert Male habe ich es ja an seinem Bettlein gebetet, als er noch ganz klein war, oft unter vielen Tränen. Und er hat dann mit mir geweint, wenn er schon nicht wusste warum.«
»Er weinte, weil Sie weinten, er litt, weil Sie litten«, sagte der Doktor. »Nun begreife ich's, dass er bei diesem Gebet erwachte. Mit solchen Eindrücken schon in der frühen Kindheit ist es kein Wunder, dass er ein stiller und in sich gekehrter Junge wurde. Das erklärt mir noch manches an dem Vorgang.«

Jetzt trat die Genfer Dame heran, sie musste unbedingt mit der Frau reden. »Liebe, gute Frau, er soll und darf nicht wieder auf die Alm, er passt nicht dorthin«, sagte sie in großem Eifer. »Wir müssen etwas anderes für ihn suchen. Hätte er keine Lust zu irgendeiner anderen Arbeit? Aber es müsste etwas Leichtes sein. Er ist nicht kräftig und bedarf der Sorge.«

»Ach ja, er hätte große Lust etwas zu erlernen«, sagte die Mutter. »Schon von klein auf hat er es gewünscht, aber ich darf es fast nicht sagen.«

»Doch, doch, gute Frau, sagt's nur frisch heraus«, ermunterte die Dame und erwartete etwas Unerhörtes.

»Er möchte so gern Holzschnitzer werden und hat auch viel Geschicklichkeit dazu, aber das Kost- und Lehrgeld zusammen beträgt über achtzig Franken.«

»Ist das alles?« rief die Dame im höchsten Erstaunen, »ist das alles? Komm, mein Junge«, und sie lief wieder zu Toni hin, »wirst du wirklich gern Holzschnitzer werden?«

Die Freude, die in Tonis Augen leuchtete, als er die Frage bejahte, zeigte der Dame, woran sie war. Sie hatte ein solches Verlangen, dem Toni etwas Gutes zutun, dass sie am liebsten gleich noch in derselben Stunde handeln wollte. »Möchtest du's gleich erlernen, jetzt gleich zu einem Meister kommen?« fragte sie ihn.

Toni bejahte freudig.

Nun kam aber ein neuer Gedanke. Sie wandte sich an den Doktor: »Sollte er sich vielleicht erst erholen müssen?«

Der Doktor erwiderte, er habe auch schon darüber nachgedacht. Die Frau habe ihm aber gesagt, dass sie einen sehr guten Meister oben in Frutigen wisse. »Nun, denke ich«, fuhr er fort, »das Schnitzen ist keine anstrengende Arbeit, und die Hauptsache für den Toni ist, dass er eine Zeitlang gute, kräftige Nahrung bekommt. In Frutigen ist ein sehr gutes Gasthaus, wenn er nur hier und da...«

»Das übernehme ich, Herr Doktor, das übernehme ich«, unterbrach ihn die Dame. »Ich gehe mit, morgen reisen wir. In Frutigen werde ich Kost und Wohnung und alles, was er braucht, für den Toni besorgen.« Die Dame schüttelte in ihrer Herzensfreude der Mutter und dem Buben wiederholt die Hände und ging hinaus, um ihr Mädchen über die Reisevorbereitungen zu unterrichten.

Als dann die Mutter mit dem Buben zu ihrem Zimmer gebracht worden war, sagte der Doktor in großer Freude zu seiner Frau: »Wir haben zwei Gesunde. Auch unsere Dame ist geheilt. Ihr Leben hat einen neuen Sinn bekommen, du wirst sehen, sie wird neu aufleben in der Fürsorge für diesen Jungen. Das war ein schöner Tag.«
Am folgenden Morgen wurde die Reise nach Frutigen angetreten. Und die kleine Gesellschaft war so froh und glücklich zusammen, dass sie oben angekommen war, ehe sie sich's versah. Beim Holzschnitzer ließ sich die Dame alles sagen, was man zu der Arbeit brauche. Und nachdem der Schnitzer allerlei Instrumente vorgezeigt hatte, meinte er ein schönes Buch mit guten Bildern, nach denen man arbeiten könne, sei auch nicht zu verachten.
Nachdem ihn die Dame gebeten hatte, den Toni alles zu lehren, was ihm für die Zukunft nützlich sei, ging man zu dem Gasthaus. Hier mietete die Dame ein gutes Zimmer mit bequemem Bett und machte selbst mit dem Wirt den Küchenzettel für jeden Tag der Woche. Der Wirt versprach unter vielen Bücklingen, alles genau zu befolgen, denn er merkte wohl, mit wem er es zu tun habe.
Nun mussten die Mutter und Toni mit der Dame im Gasthaus speisen, und während der Mahlzeit hatte sie ihnen noch viel mitzuteilen. Sie gehe, sagte sie, nun bald heim nach Genf, da seien große Geschäfte, wo nichts als Schnitzereien verkauft würden. Dort werde sie gleich vermitteln, dass Toni alle seine Arbeiten hinschicken könne. Er möge nur mit frischem Mut zu arbeiten anfangen. Auch bestand sie darauf, dass Toni nicht zwei, sondern drei Monate beim Schnitzer bleibe, damit er alles von Grund auf erlerne. Er könne ja von hier aus sonntags die Mutter besuchen, oder sie könne zu ihm kommen. Elsbeth und Toni waren so erfüllt von Dank, dass sie gar keine Worte dafür fanden. Aber die Dame verstand sie trotzdem und trug ein fröhliches Herz heim, wie sie es seit langer Zeit nicht mehr gehabt hatte.
Wie der Doktor vorausgesehen hatte, so kam es. Die Dame, die nicht mehr an ihre Heimat hatte denken können und wollen, wollte nun nach Genf zurückkehren. Sie hatte nun so viele Pläne dort auszuführen, dass sie den Tag der Rückkehr kaum erwarten konnte.
Mit großer Freude willigte der Arzt in die baldige Abreise ein.
Toni, kaum bei seinem neuen Lehrmeister angekommen, machte sich mit solchem Eifer und Geschick an die Arbeit, dass der Schnitzer

schon in der vierten Woche zu seiner Frau sagte: »Wenn der so fortfährt, so lernt er's besser, als ich es selber kann.«
Drei Monate waren zu Ende, da nahte das Weihnachtsfest. Durch tiefen Schnee watete Toni eines Morgens seiner Heimat zu. Er sah rund und frisch aus, und sein Herz war so fröhlich, dass er laut vor sich hinsingen musste.
Als er aber nach langem Marsch plötzlich sein Steinhüttchen erblickte, mit der tief verschneiten Tanne dahinter, da schossen ihm die Tränen in die Augen vor Freude. Er kam wieder heim, heim für alle Zeit. Er lief auf das Häuschen zu, und schon hatte ihn die Mutter gesehen und lief heraus. Und wer nun von beiden die größte Freude hatte, das kann kein Mensch wissen. Aber die beiden waren so glücklich, als sie wieder nebeneinander in ihrem Häuschen saßen, dass sie sich gar kein größeres Glück auf Erden hätten denken können. Ihre größten Wünsche waren erfüllt worden. Toni war Holzschnitzer und konnte sein Gewerbe daheim bei der Mutter ausüben. Und mit welchem Segen hatte außerdem der liebe Gott sie noch überschüttet! Von Genf her waren der Elsbeth solche Wohltaten zugekommen, dass sie keinen sorgenschweren Tagen mehr entgegensehen musste. Und mit jeder Sendung kamen neue Zusicherungen für die bereitwillige Aufnahme von Tonis Arbeiten.
Ein Weihnachtsfest aber, wie zwei Tage nachher im Steinhüttchen gefeiert wurde, hatten weder die Elsbeth noch ihr Toni je erlebt. Denn die Festkerzen, die die Mutter angezündet hatte, beleuchteten nicht nur eine Menge Sachen, die Toni zum Anziehen erhielt. Sie erhellten auch eine ganze Anzahl der schönsten Messer zum Schnitzen und ein Buch mit so schönen, großen Bildern, wie es Toni in seinem Leben noch nie gesehen hatte. Das Buch seines Meisters war dagegen ein wahres Spielzeug. Auch für Elsbeth war liebevoll gesorgt worden. Alles hatte die Dame in Genf veranlasst, und der lichte Widerschein davon fiel erhellend in ihr eigenes Herz zurück.
Die schönsten Gämsen und Jäger aber und die prächtigen Adler auf den Felsen, die in den großen Schaufenstern in Genf stehen, hat der Toni geschnitzt. Und wenn ihm ein Stück ganz besonders gut gelungen war, so kam es nicht zu dem Genfer Kaufmann, sondern zu der Dame, für die Toni sein Leben lang ein dankbares Herz bewahrte.

4. Und wer nur Gott zum Freunde hat, dem hilft er immer wieder

1. Kapitel

Basti und Fränzeli erlernen ein Lied

In Bürgeln, dem kleinen Dorf oberhalb Altdorf, sind im Sommer die grünen Wiesen mit dem duftenden Gras und den frischen Blumen herrlich anzusehen und zu durchwandern. Schattige Nussbäume stehen ringsum, und an ihnen vorbei, die Wiesen hinunter rauscht der schäumende Schächenbach und macht wilde Sprünge, wenn ihm ein Stein im Weg liegt. Am Ende des Dörfchens, wo nur noch, von Efeu überwachsen, ein alter Turm steht, führt ein Fußweg weiter den Bach entlang. Hier steht ein großer, uralter Nussbaum, und unter seinem kühlen Schatten rasten gern die Wanderer und schauen zu den hohen Felsen auf, die in den blauen Himmel hineinragen.
Wenige Schritte von dem alten Baum entfernt führt ein hölzerner Steg über den tosenden Bach, unmittelbar an den Berg hinan, wo der Fußweg steil hinaufgeht. Dort steht ein Häuschen mit einem kleinen Stall daran, höher hinauf wieder eines und noch eines und dann, wie an den Berg gedrückt, das kleinste von allen, mit einer so niedrigen Tür, dass kein Mann eintreten könnte, ohne sich zu bücken. Der Geißenstall hinten ist auch so klein, dass gerade nur die magere Geiß hineingeht, weiter gar nichts. Das Häuschen hat nur zwei Räume, Stube und Kämmerchen daneben, und vor der Stubentür ein Plätzchen, wo der kleine Herd steht. Im Sommer bleibt die Haustür den ganzen Tag offen und macht diesen kleinen Raum hell, sonst ist er ganz dunkel.
In dem Häuschen hat der Wildheuer Joseph gewohnt, aber schon seit vier Jahren ist er tot, und nun wohnen noch seine Frau und zwei Kinder darin – die stille, fleißige Afra mit dem kleinen Basti, dem gesunden Buben und dem noch kleineren Fränzeli, dem zarten, hell gelockten Mädchen. Der Joseph und die Afra hatten sehr still und friedlich miteinander gelebt und ihre kleine Behausung nur dann verlassen, wenn sie zusammen zur Kirche gingen. Sonst blieb Afra immer zuhause, Joseph aber ging am Morgen zur Arbeit und kam abends wieder.
Als ihnen ein Sohn geschenkt wurde, sahen sie im Kalender nach, und da es der Tag des Heiligen Sebastian war, gaben sie ihrem Kind diesen Namen. Als dann das kleine Mädchen an dem Tag des heili-

gen Franziskus geboren wurde, hießen sie es Franziska, woraus dann, nach der Sitte des Landes, ein Fränzeli wurde.
Die Kinder waren immer Afras bestes Gut gewesen und, seit sie ihren Mann verloren hatte, ihr großer Trost und ihre einzige Freude auf Erden. Sie hielt ihre Kinder so sauber und ordentlich, dass kein Mensch gedacht hätte, sie kämen aus dem geringsten Häuschen und gehörten einer der ärmsten Frauen der ganzen Gegend. Jeden Morgen wusch sie sie mit aller Sorgfalt und kämmte das lichtblonde Lockenhaar des Fränzeli, dass es nicht so verwildert aussehe. Und jeden Sonntagmorgen war von den zwei Hemdlein, die jedes besaß, wieder eines gewaschen, und darüber wurde dem Fränzeli das bessere Röcklein und dem Basti die Höschen vom Vater her angezogen. Sonst hatten beide nichts anderes an, Strümpfe und Schuhe trugen sie den ganzen Sommer nicht.
Im Winter hatte die Mutter dann schon etwas Warmes für sie bereit, freilich nicht viel. Es war nicht notwendig, die Kinder kamen dann fast gar nicht zum Häuschen hinaus.
Aber für diese und alle sonstige Arbeit, die zu tun war, musste die Afra von früh bis spät auf den Beinen sein und konnte sich wenig Ruhe gönnen. Nichts war ihr zu viel. Wenn sie nur ihre Kinder bei sich hatte und die beiden mit ihren fröhlichen Augen zu ihr aufschauten, vergaß sie gleich alle Müdigkeit, die sie noch eben niederdrücken wollte, und kein Wohlleben der Welt hätte sie für ihre Kinder eingetauscht.
Sie gefielen auch jedem, der sie sah. Wenn sie miteinander Hand in Hand den Berg herunterkamen, denn der Basti hielt als guter Beschützer das Fränzeli immer fest an der Hand, dann sagte manchmal ein Nachbar, der sie vorbeigehen sah, zum andern: »Es hat mich doch schon manchmal gewundert, was die Afra mit ihren Kindern macht. Seit die meinen auf der Welt sind, haben sie nie so appetitlich ausgesehen wie diese zwei.«
»Gerade das wollte ich auch eben sagen«, erwiderte gewöhnlich der andere. »Ich will doch einmal meine Frau fragen, wie das zugeht.«
Die Frauen aber hörten das nicht besonders gern und sagten, da könne man nichts dafür, die einen Kinder seien nun einmal so und die andern anders, und die Afra müsse nicht meinen, dass schöne Kinder die Hauptsache seien.

Das meinte aber die Afra durchaus nicht, nur wollte sie, da ihr der liebe Gott einmal so nette Kinder gegeben hatte, diese nicht durch Schmutz verunstalten. Wenn aber ein Nachbar zu ihr sagte: »Afra, Ihre Kinder gefallen mir. Der Bub ist wie ein Erdbeerapfel, und das Fränzeli mit den zarten Bäcklein und den goldenen Ringellocken ist gerade wie ein Altarbildchen«, dann erwiderte sie: »Wenn sie mir der liebe Gott nur gesund erhält und sie auch brav werden, darum bete ich alle Tage.« Und das tat sie wirklich.

Es waren nun bald fünf Jahre vergangen, seit sie ihren Mann verloren hatte. Der Basti war vor einiger Zeit sechs Jahre alt geworden, das Fränzeli fünf, sah aber, so zart und fein gebaut, wie es war, wohl um zwei Jahre jünger aus als der Basti mit seinen kräftigen Gliedern. Es war ein rauer Herbst. Früh trat der Winter ein und schien recht hart werden zu wollen. Schon im Oktober fiel tiefer Schnee und blieb liegen. Im November stand das Häuschen der Afra so tief darin, dass man kaum mehr hinaustreten konnte.

Basti und Fränzeli saßen in ihrer Ecke beim Ofen und kamen nie mehr vor die Tür. Die Mutter musste dann und wann hinausgehen, tat es aber nur, wenn sie nichts mehr zu essen im Haus hatte. Den Berg hinunterzukommen war fast unmöglich, so tief lag der Schnee. Und einen Pfad machte da nur ein einzelner Mann, der noch höher oben wohnte und in dessen Fußstapfen sie dann zu treten suchte. Hatte es aber frisch geschneit, so musste sie den Weg selbst suchen und sich bahnen.

Kam sie dann von diesen Gängen nach Hause, so war sie oft so müde, dass sie sich mühsam beherrschen musste, um nicht zusammenzubrechen. Und doch gab's dann noch so viel zu tun, dass sie sich noch lange keine Ruhe gönnen konnte. Aber es war nicht die Müdigkeit, die sie jetzt oft schweigsam machte und ihr manchen schweren Seufzer entlockte, wenn sie endlich abends sich hinsetzte, um noch das Zeug der Kinder zu flicken. Schwere Sorgen drückten sie nieder und wuchsen mit jedem Tag. Oft wusste sie nicht mehr, wie sie ein Stückchen Brot erwerben könnte, so selten bekam sie Arbeit. Und hatte sie eine Woche lang nichts verdient mit Stricken oder Spinnen, so konnte sie kein Brot kaufen, und die wenige Milch von der mageren Geiß war die ganze Nahrung für alle drei.

So sann die Afra oft stundenlang in der Nacht hin und her, was sie tun könnte, um nur irgendetwas, wenn auch noch so wenig, zu erwerben. Denn noch drei lange Wintermonate lagen vor ihr. Sonst, wenn die Mutter die Kinder zu Bett gelegt und sich neben sie an ihre Flickarbeit gesetzt hatte, sang sie ihnen immer ein Lied, und dabei waren sie eingeschlafen. Jetzt saß die Mutter still da, und kein Gesang wollte aus dem gepressten Herzen aufsteigen.

So saß sie eines Abends schweigend und kummervoll da, draußen heulte der Wind und rüttelte so an dem Häuschen, als wollte er es umwerfen. Das Fränzeli war gleich eingeschlafen, denn wenn es nur die Mutter bei sich sitzen sah, hatte es keinen Kummer, wenn auch der Wind noch so arg heulte und pfiff. Der Basti aber hatte die Augen noch ganz offen und schaute der Mutter zu, wie sie flickte. Plötzlich sagte er: »Aber Mutter, warum singst du nie mehr?«

»Ach Gott«, seufzte sie, »ich kann es nicht mehr.«

»Weißt du das Lied nicht mehr? So warte, ich will dir schon zeigen, wie es geht.« Und Basti setzte sich in seinem Bett auf und fing an zu singen:

> Jetzo kommt die Nacht herfür,
> Liegt auf Wald und Wegen,
> Und wir beten all' zu dir:
> Gib uns deinen Segen!«

Mit fester, klarer Stimme hatte Basti völlig richtig den Vers durchgesungen, den er so manchen Abend von der Mutter gehört hatte, und diese war ganz verwundert. Plötzlich schoss ihr ein Gedanke durch den Kopf. »Den hat mir der liebe Gott geschickt«, sagte sie, und blickte freudig ihren Buben an. »Basti, du kannst mir etwas verdienen helfen. Dass ich für dich und Fränzeli wieder Brot habe, das willst du doch gern?«

»Ja, ja, ich will – jetzt gleich?« fragte Basti in großem Eifer und stieg sofort aus dem Bett.

»Nein, nein, geh nur wieder hinein. Siehst du, wie du frierst?« Und die Mutter steckte schnell den Kleinen wieder unter die Decke. »Aber morgen will ich dich ein Lied lehren, und am Neujahrstag kannst du es den Leuten singen. Es dauert nicht mehr lange bis dahin, und dann geben sie dir Brot und vielleicht Nüsse.«

Basti geriet über die Aussicht auf diese Gaben und auf seine wichtige Tätigkeit in solche Aufregung, dass er gar nicht einschlafen konnte und einmal ums andere fragte: »Mutter, ist es bald morgen?«
Aber zuletzt wurde doch der Schlaf Meister und drückte dem Basti die Augen zu.
Am Morgen erwachte er mit demselben Gedanken, mit dem er eingeschlafen war, aber er musste sich noch gedulden, denn die Mutter sagte: »Erst am Abend können wir singen, am Tag habe ich viel zu tun.«
Da verkürzte sich Basti die Zeit damit, dass er dem Fränzeli erzählte, was ihn die Mutter lehren wolle, und dass er dann Brot heimbringen werde und vielleicht auch Nüsse. Das Fränzeli hörte ganz gespannt zu und konnte auch kaum den Abend erwarten.
Als es nun dunkel geworden war und die Mutter ihre Arbeit beendet hatte, zündete sie das Lämpchen an, setzte sich an den Tisch und zog das Fränzeli auf die eine, den Basti auf die andere Seite zu sich heran. Dann nahm sie die warmen Strümpfchen vor, die für den Basti zu seiner Reise gestrickt werden mussten, und sagte: »Hör mir jetzt zu, Basti, ich will dir den ersten Vers ein paarmal vorsingen. Dann wollen wir probieren, ob du ihn kannst.«
Und nun fing die Mutter zu singen an. Es dauerte nicht lange, so sang der Basti schon mit, und plötzlich fing auch das Fränzeli mitten hinein ganz eifrig zu singen an. Als das die Mutter hörte, nickte sie ihr freundlich zu. Und als dann der Vers zu Ende war, sagte sie: »Das ist recht, Fränzeli, vielleicht lernst du's auch noch.«
Als sie nun so zusammen ein paarmal den Vers gesungen hatten, fragte die Mutter: »Willst du's nun probieren, Basti? Das Fränzeli hilft auch ein wenig mit. Was meinst du, Fränzeli?«
Das Mädchen nickte fröhlich, und der Basti begann mit fester Stimme sein Lied. Wie musste aber die Mutter staunen, als das Fränzeli mit einem silberhellen Stimmchen einfiel, das sie vorher noch gar nicht so gehört hatte. Und wenn der Basti noch etwa aus der Melodie fallen wollte, so sang die Kleine weiter wie ein Vögelein, das ohne Mühe und ganz richtig seine Melodie zu Ende singt.
Die Mutter war hocherfreut. Sie hatte nie daran gedacht, dass das kleine Fränzeli mithelfen könne. Und es klang so hübsch, als nun die beiden zusammen sangen, dass sie nur immer hätte zuhören mögen. Sie hatte so viel mehr erreicht, als sie erwartet hatte.

Jeden Abend wurde nun fleißig gesungen, und als die Woche zu Ende war, konnten die Kinder schon das ganze Lied mit allen vier Versen. Das machte ihnen so große Freude, dass sie immer wieder von vorn anfingen, wenn sie zu Ende waren, und gar nicht genug bekommen konnten von ihrem Singen. Die Mutter war sehr froh darüber, denn nun konnte sie sicher sein, dass die Kinder nicht stecken bleiben würden, auch wenn sie nicht bei ihnen wäre.
Der Dezember war gekommen und der Neujahrstag stand vor der Tür. Kurz zuvor setzte sich am Abend die Mutter noch einmal mit den Kindern hin, um zu hören, ob sie auch ganz sicher seien in ihrem Gesang und stimmte das Lied an. Aber jetzt kamen die Kinder der Mutter immer voran, so sicher und eifrig waren sie, und die Mutter musste ihren Takt ein wenig beschleunigen, wenn sie mithalten wollte. Ohne stecken zu bleiben, sangen sie alle vier Verse ihres Neujahrsliedes. Es hieß so:

»Nun ist das alte Jahr dahin,
Ein neues ist gekommen,
Wir wünschen, dass es euch erschien
Zu eurem Heil und Frommen.

Jetzt ist die kalte Winterzeit,
Die Erde starrt im Eise,
Doch ist der liebe Gott nicht weit
Und hilft nach seiner Weise.

Doch wird es manchem Vöglein schwer,
Sein Futter zu erreichen,
Und auch die Kinder ziehn umher
Und suchen sich desgleichen.

Nun komm in diesem neuen Jahr
Viel Segen auf euch nieder,
Und wer nur Gott zum Freunde hat,
Dem hilft er immer wieder.«

2. Kapitel

Unerwartete Neujahrssänger

Der Neujahrsmorgen war gekommen. In aller Frühe war die Mutter zur Kirche gegangen, denn das versäumte sie nie. Nun fing sie an, die Kinder in alle warmen Sachen zu packen, die sie nur hatte. Viele waren es nicht, doch hatte sie auch dem Fränzeli noch ein paar warme Strümpfe gestrickt.
Zuletzt nahm die Mutter ein altes Tuch hervor, das sie sonst selbst umlegte, wickelte das Fränzeli hinein, nahm es auf den Arm und sagte: »So, nun können wir gehen.«
Der Basti zog voran und arbeitete sich tapfer durch den hohen Schnee bis hinunter auf den Weg, den Schächenbach entlang. Hier konnte er neben der Mutter gehen und hatte so viel zu fragen, wohin sie nun kommen und was dann geschehen werde, dass die Zeit ganz schnell verging und er unvermerkt seine drei Viertelstunden gewandert war.
Sie waren jetzt bei den ersten Häusern von Altdorf angelangt. Die Mutter sah gleich, dass schon eine Menge Kinder unterwegs waren, um ihre Neujahrslieder zu singen. In allen Häusern gingen sie aus und ein.
Die Afra ging ohne Aufenthalt bis zum großen Gasthaus, das unweit der Kirche bei dem alten Turm steht. Hier war es noch ziemlich still. Die Mutter stellte das Fränzeli auf den Boden, packte es aus und schickte dann die Kinder in das große Haus hinein. Dort sollten sie gleich beim Eintritt ihr Lied anstimmen. Sie selbst zog sich ein wenig hinter den Turm zurück, doch so, dass sie die Kinder sehen konnte, wenn diese wieder herauskamen.
Basti ging, das Fränzeli fest an der Hand, in das Haus, fing gleich mit heller Stimme sein Lied zu singen an, und Fränzeli stimmte melodisch mit ein. Da wurde die Tür der Gaststube geöffnet, die Leute riefen die Kinder herein und lobten sie für ihren Gesang. In den Korb, den die Mutter dem Basti gegeben hatte, flog von da und dort manches Stück Brot und hier und da auch eine Münze. Die Frau des Hauses legte eine große Handvoll Nüsse hinein und sagte: »Am Neujahr müsst ihr auch etwas aufs Brot haben.«
Nun dankte der Basti laut und das Fränzeli leise, und dann liefen die Kinder voller Freude über ihre Gaben zur Mutter hinaus.

Dann ging es weiter zu einem anderen Haus, aber da waren schon singende Kinder und andere kamen noch nach, sodass manchmal eine ganze Schar miteinander in demselben Haus stand. Wollten sie dann alle durcheinander singen, so kamen die Bewohner heraus und sagten, sie wollten lieber jedem ein Stück Brot geben als solchen Lärm haben. Manchmal bekamen sie auch nicht alle von den Gaben und mussten leer ausgehen. Aber mehr als einmal, wenn da so viele zusammen vor einer Tür standen, rief die Frau das Fränzeli zu sich heran und sagte freundlich: »Komm, du Kleines, du erfrierst ja fast, du musst etwas haben. Aber dann geh heim, du zitterst ja wie Espenlaub.«

Nachdem die Kinder so in fünf oder sechs Häusern gesungen hatten und nun wieder aus einem heraustreten, sah die Mutter, dass es nicht länger so weiter ging. Es war bitterkalt, sodass sie selbst fast erstarrt war, und das zarte Fränzeli zitterte an allen Gliedern so, dass es gar nicht mehr singen konnte. Sogar der Basti war völlig blau geworden und hatte so steife Hände, dass er nichts mehr anfassen konnte und nur den Arm mit dem Korb vorstreckte, wenn er etwas bekommen sollte.

Jetzt wickelte die Mutter rasch das Fränzeli wieder ein und nahm es auf den Arm.

»Und du, Basti«, sagte sie, »lauf nur recht, dann wirst du wieder warm.«

Nun liefen sie, ohne stillzustehen, bis sie wieder daheim in ihrem Häuschen waren. Dann setzten sie sich alle drei um den kleinen Ofen ganz nahe zusammen, bis Hände und Füße wieder warm waren. Nach einer Weile holte Basti den Korb herbei. Sie mussten doch sehen, was alles drinnen war.

Die Kinder bekamen auch nach der großen Anstrengung jedes ein schönes Stück Brot und ihre Nüsse dazu, und so feierten sie zusammen einen fröhlichen Neujahrsabend. Auch die Mutter war froh und dankbar. War ihr auch keine durchgreifende Hilfe zuteilgeworden, so hatte sie doch für manchen Tag genug Brot, und hier und da war ja auch eine Münze mit in den Korb hineingeflogen. Die konnte sie gut gebrauchen.

Freilich folgten noch schwere, kummervolle Tage, und die Mutter hatte noch oft mit Hunger und Kälte zu kämpfen. Aber endlich ging der lange Winter zu Ende, die warme Sonne schien wieder. Die Kinder konnten wieder vor dem Hüttchen sitzen und mussten nicht mehr frieren. Auch die Geiß wurde wieder hinausgeführt, konnte von dem jungen, schönen Gras fressen und gab wieder ein wenig mehr Milch.

Der Mutter war eine große Last dadurch abgenommen, dass sie nicht mehr überall nach Holz suchen musste, um das dünne Häuschen notdürftig zu erwärmen. Denn jetzt schien die Sonne warm in die Fenster, und schöne, laue Luft strömte herein.

Aber die Mutter hatte sich den ganzen Winter hindurch so sehr angestrengt und so mangelhafte Nahrung zu sich genommen, dass sie ganz um ihre Kräfte gekommen war. Und auch die warme Frühlingssonne konnte sie nicht stärken. Trotzdem ließ sie nicht nach in ihrem Fleiß und ihrer rastlosen Tätigkeit von früh bis spät. Und wenn sie auch manchmal vor Müdigkeit und Schwäche umzufallen glaubte, eine große innere Angst trieb sie immer wieder neu an. Denn sie sah wohl voraus, wenn sie sich und die Kinder nicht mehr durchbringen könnte, würden sie ihr von der Armenbehörde weggenommen und irgendwo untergebracht, damit sie in einem Dienst ihr Brot erwerben könnten. Und dieser Gedanke war ihr so schrecklich, dass sie lieber ihre letzte Kraft einsetzen wollte.

Jetzt waren die langen, heißen Sommertage gekommen. Von dem wolkenlosen Himmel sandte die Sonne ganze Gluten auf die Bergwände nieder, an denen überall das Spätheu zum Trocknen lag oder schon gebündelt wurde.

Auch Afra war mit den Kindern hinaufgestiegen, wo ihr hoch am Felsen droben ein kleines Stückchen Erde gehörte, von dem sie jedes Jahr das Winterfutter für ihre Geiß gewann. Sie band das Heu, das sie tags zuvor abgemäht hatte, zusammen, um es nun auf dem Kopf nach Hause zu tragen. Das Fränzeli hielt sich, wie immer, wenn die Mutter keine Hand frei hatte, an deren Kleid fest. Basti aber hatte auch eine kleine Heubürde zu tragen.

Daheim holte die Mutter gleich die Milch herbei, denn sie hatten alle seit dem kärglichen Frühstück nichts gegessen, als zwischendurch ein Stück Brot, das sie mitgenommen hatten. Und nun war es schon fünf Uhr abends. Als die Mutter zur Milch den Rest des Brotes aus dem Schrank nahm, sah sie erst, wie klein er war.

Ehe sie die bestellten Strümpfe fertig gestrickt hatte, bekam sie kein Geld, um Brot zu kaufen. Und gestern und heute hatte sie wegen der Arbeit beim Heu nicht stricken können.
Die Mutter gab die Hälfte des kleinen Stückchens dem Fränzeli, die andere dem Basti und sagte: »Ich weiß wohl, dass ihr recht Hunger habt, aber ihr begreift es schon, dass ich euch nicht mehr geben kann. Seht, es ist eben nichts mehr da. Aber heute Abend will ich fleißig stricken, dann kann ich euch morgen ein größeres Stück geben.«
Basti nahm fröhlich sein Stück in Empfang. Aber er biss noch nicht hinein, er sah auf die Mutter. Afra goss Milch in die Schüsselchen, die sie den Kindern gab, setzte sich dann hin und legte ihren Kopf in die Hand. Basti schaute sie noch immer unverwandt an.
»Wo hast du dein Brot, Mutter?« fragte er endlich.
»Ich habe keins, Basti, aber ich habe auch keinen Hunger, ich brauche nichts«, erwiderte die Mutter.
Da kam das Fränzeli heran und steckte der Mutter schnell noch ein ganz kleines Stückchen in den Mund, das es noch übrig hatte. Und der Basti streckte sein Stück auch hin und sagte ganz kläglich: »Ja, wenn du keins hast, dann musst du hungern. So wollen wir teilen.«
Aber die Mutter hielt es ihm wieder hin.
»Nein, nein, Basti, iss nur. Sieh, ich könnte nicht essen, mir ist nicht gut. Wenn ich nur morgen nach Altdorf hinunter zum Doktor gehen könnte, er würde mir doch einen Rat geben. So geht's nicht mehr weiter.«
Die letzten Worte sagte sie leise für sich, und plötzlich sank sie mit geschlossenen Augen zurück. Vor Schwäche und Mattigkeit war sie in Ohnmacht gefallen.
Der Basti schaute die Mutter eine Weile an, dann sagte er leise zu Fränzeli: »Komm, ich weiß schon, was ich mache. Aber du musst ganz leise sein, dass du die Mutter nicht weckst. Siehst du, sie will ein wenig schlafen.«
Er fasste das Fränzeli fest an der Hand, zog es zur Tür, und es konnte gar nicht anders als leise sein, denn es hatte weder Strümpfe noch Schuhe an seinen kleinen Füßen, wie auch der Basti nicht.
So schlichen sie zur offenen Tür hinaus und wanderten zusammen den Berg hinunter.
Als sie den steilen Fußweg den Berg hinunter zurückgelegt hatten und nun ihre Wanderung am tosenden Wasser entlang fortsetzten,

drückte der Basti das Fränzeli vom Bach weg auf die andere Seite des Weges und noch ein gutes Stück weit in die Wiese hinein.
»Siehst du, Fränzeli«, sagte er belehrend, »man darf nie, nie auf der anderen Seite gehen, sonst fällt man in den Schächen hinunter. Das hat die Mutter gesagt, und so kleine Kinder wie du werden auf der Stelle ertrinken.«
Das begriff Fränzeli und ließ sich ganz willig durch die Wiese führen.
Dann begann der Basti wieder: »Siehst du, Fränzeli, jetzt gehen wir nach Altdorf in die Häuser und singen wieder unser Lied, dann bekommen wir Brot und vielleicht auch Nüsse. Und dann bringen wir alles der Mutter, weißt du, weil sie heute kein Brot mehr bekommen hat. Aber kannst du auch das Lied noch singen?«
Fränzeli war sehr erfreut über dieses Reiseziel und wanderte mit neuem Eifer durch die Wiese und dann auf der steinigen Straße trotz seiner nackten Füßchen. Es sagte, das Lied könne es schon noch, und Basti schlug vor, es noch einmal zu probieren.
So stimmten die Kinder laut ihr Neujahrslied an. Sie konnten es noch ganz gut und fingen immer wieder von vorn an. Und so kamen sie unvermerkt bis nach Altdorf hinunter, obschon Fränzelis zarte Füßchen vor Anstrengung ganz rot geworden waren.
Als sie die ersten Häuser des Fleckens erreicht hatten, hörten sie auf zu singen, und Basti sagte: »Ich weiß noch ganz gut, bei welchem Haus man anfängt, hier noch nicht.« Er zog Fränzeli, das jetzt ein wenig müde war, bis zu dem großen Gasthaus »Zum goldenen Adler«, in das die Mutter sie am Neujahrstag zuerst hineingeschickt hatte.
Aber jetzt sah es da anders aus als damals. Die Abendsonne warf goldene Strahlen auf den freien Platz vor der Haustür, und ein ziemlicher Lärm klang dort auf. Eine ganze Gesellschaft von Fremden war angekommen, lauter junge Herren in schönen, farbigen Mützen. Die hatten gleich nach ihrer Ankunft den großen Tisch aus der Gaststube herausgetragen und draußen auf den freien Platz gestellt. Und nun saßen sie alle daran und aßen und tranken fröhlich, denn sie hatten heute einen langen Marsch gemacht und ließen es sich nun schmecken.
Als Basti die vielen Herren an dem Tisch erblickte und Fränzeli vor Furcht stillstand, fand er es am besten, gleich aus der sicheren Ferne

die Herren anzusingen. Und so stimmte er denn mit aller Kraft an, damit sie es auch durch den Lärm, den sie selbst machten, hören konnten.
»Still«, donnerte plötzlich die ungeheure Stimme des riesengroßen Mannes, der oben am Tisch saß, »still, sag ich, ich höre Gesang, wir bekommen Tischmusik.«
Die Herren sahen sich alle um, und als sie die Kinder erblickten, die sich ein wenig hinter den alten Turm gestellt hatten, winkten alle. Viele Stimmen riefen durcheinander.
»Nur näher!«
»Nur hierher!«
Die Kinder hatten aufgehört zu singen, und der Basti kam bereitwillig heran. Er musste aber das Fränzeli ein wenig ziehen, denn es fürchtete sich sehr.
Jetzt streckte der große Blonde mit dem dichten Bart seinen langen Arm aus, zog den Basti noch näher zum Tisch heran, und alle riefen:
»Nun lass sie singen, Barbarossa!«
»So, nun singt euer Lied!« befahl der große Mann.
Basti fing mit lauter Stimme an, und Fränzelis Stimmchen tönte wie ein leises, silbernes Glöcklein dazu.

> »Nun ist das alte Jahr dahin,
> Ein neues ist gekommen.
> Wir wünschen, dass es euch erschien
> Zu eurem Heil und Frommen.«

»Barmherzigkeit! Wir sind auf die andere Seite der Weltkugel geraten, hier feiern sie Neujahr!« schrie Barbarossa, und nun ging ein Rufen und Lachen los, dass es einen ungeheuren Lärm gab.
»Hört doch auf!« rief jetzt der schlanke Schwarzhaarige, der neben Barbarossa saß. »Seht doch das kleine Mädchen an, es zittert ja vor Angst.«
Nun waren alle still und schauten das Fränzeli an, das sich ängstlich an Basti klammerte.
»Ritter Maximilian, nimm du dich des Mädchens an!« befahl Barbarossa. »Und dann weiter mit dem Gesang!«

Maximilian nahm das Fränzeli freundlich bei der Hand und sagte: »Komm zu mir, du kleines Mädchen, da kann dir niemand was zuleide tun.«
Fränzeli hielt vertrauensvoll seine Hand fest, und sobald es ruhig war, stimmte Basti wieder an:

>»Jetzt ist die kalte Winterszeit,
>Die Erde starrt im Eise,
>Doch ist der liebe Gott nicht weit
>Und hilft nach seiner Weise.«

»Mich hat er wirklich heute vor Frost bewahrt«, warf Barbarossa ein, der von der Hitze ganz rot im Gesicht war.
Lärm und ungeheures Lachen waren wieder ausgebrochen, aber viele riefen nun: »Weiter! Weiter! Weiter!«
Die Kinder sangen:

>»Doch wird es manchem Vöglein schwer,
>Sein Futter zu erreichen,
>Und auch die Kinder ziehn umher
>Und suchen sich desgleichen.«

»Das müssen sie haben, das müssen sie haben«, riefen sie nun von allen Seiten, und eine Menge Teller mit ganzen Schichten von guten Sachen wurden zu den Kindern hingeschoben.
Aber Basti ließ sich nicht verlocken, mit fester Stimme sang er weiter, und das Fränzeli half bis zu Ende mit:

>»Nun komm in diesem neuen Jahr
>Viel Segen auf euch nieder,
>Und wer nur Gott zum Freunde hat,
>Dem hilft er immer wieder.«

Nun brach ein ungeheurer Jubel aus, und alle riefen durcheinander: »Das ist ein schöner Wunsch! Der bringt uns Glück auf die Reise!«
Barbarossa aber zog nun den Basti zu sich und stellte einen Teller mit so vielen schönen Sachen vor ihn hin, wie er sie in seinem Leben noch nie gesehen hatte. Auf dem Rand lag ein großes Stück schnee-

weißes Brot, und Barbarossa sagte ermunternd: »So, mein Sohn, nun iss, bis nichts mehr übrig ist.«
Und all die anderen gefüllten Teller wurden ihm noch zugeschoben, und von allen Seiten riefen sie: »Den auch noch! Das soll er auch noch haben!«
Basti stand da und schaute auf all die Schätze mit hellem Entzücken in den Augen, und vor Erwartung wurden ihm die Augen immer größer. Aber er berührte nichts. Dem Fränzeli, das immer noch die Hand seines Beschützers festhielt, hatte dieser einen ebenso reichlich gefüllten Teller vorgesetzt und es aufgefordert, zuzugreifen.
Fränzeli hatte durch den langen Marsch einen großen Hunger, nahm gleich einen guten Bissen auf die Gabel und wollte ihn zum Mund führen. Aber es guckte schnell noch nach dem Basti, und als es sah, dass dieser nichts aß, legte es schnell seinen Bissen wieder auf den Teller zurück.
»Was ist denn mit dir los? Warum greifst du denn nicht zu, mein Kleiner? Wie heißt du denn eigentlich?« fragte Barbarossa.
»Basti heiße ich«, war die Antwort.
»Gut, Basti, mein Sohn, was hast du denn für tiefe Gedanken, die dir so die Augen aufreißen und den Appetit nehmen?«
»Wenn ich nur einen Sack hätte!«
»Einen Sack? Und was dann?«
»Dann will ich alles hineintun und der Mutter bringen, sie hat heute kein Brot mehr gehabt.«
Nun wurden die Herren ganz mitleidig, und viele riefen, man müsse ihm einen Sack holen, er solle seinen Willen haben. Andere fragten, wo die Mutter wohne, ob sie gleich in der Nähe sei. Als Basti antwortete, sie wohne in Bürgeln oben auf dem Berg, brachen alle in Verwunderung aus. Barbarossa sagte: »Wenn ihr von dort oben heruntergekommen seid, so habt ihr doch gewiss auch Hunger, nicht, Basti?«
»Ja, und auch noch, weil wir heute nur ganz wenig Brot bekommen haben«, bestätigte der Junge. »Aber morgen kann die Mutter vielleicht die Strümpfe fortbringen, dann bekommen wir mehr.«
Jetzt wollte jeder der Herren etwas tun, die einen wollten einen Sack holen, die anderen einen Träger. Aber Barbarossas Stimme übertönte alle.

»Jetzt will ich vor allem sehen, wie diese zwei Menschenkinder sich satt essen, und dann kommt das Weitere. Nun hör zu, Basti! Was hier auf deinem Teller liegt, das isst du, und wenn du fertig bist, so bekommt deine Mutter alles Übrige.«

»Das alles?« fragte Basti und wies mit leuchtenden Augen auf alle die gefüllten Teller hin.

»Alles«, bestätigte Barbarossa. »Kannst du nun anfangen?«

Jetzt ergriff Basti seine Gabel und aß mit so erfreulichem Appetit, dass Barbarossa mit großer Befriedigung zuschaute. Und Maximilian freute sich, als nun auch Fränzeli es wagte, endlich seinen großen Hunger zu stillen.

»Hat euch eure Mutter hierher geschickt, das Lied zu singen?« fragte Barbarossa.

»Nein, sie ist eingeschlafen, weil sie kein Brot gegessen hatte und müde war. Sie wollte auch zum Doktor gehen, damit er ihr einen Rat gibt«, erklärte der Basti. »Und da bin ich mit dem Fränzeli weggegangen, um für die Mutter Brot zu holen. Denn wir haben das erste Mal auch Brot bekommen, als wir hier gesungen haben.«

Jetzt begriffen die Herren, wie es gekommen war, dass die Kinder ihnen das Neujahrslied gesungen hatten. Barbarossa rief: »Ich schlage vor, dass wir alle miteinander unsere Sänger nach Bürgeln hinaufbegleiten. Wir müssten ohnehin morgen die Stätte aufsuchen, wo die Wellen des wilden Schächenbachs den braven Tell verschlungen haben. Wir machen heute eine Mondscheinpartie daraus und bringen unsere entlaufenen Freunde ihrer Mutter wieder.«

»Und du als guter Mediziner gibst ihr gleich einen guten Rat«, setzte Maximilian hinzu.

Als er dann aber sah, dass schon alle Freunde ihre Sitze verließen, die Stöcke schwenkten und gleich auf und davon gehen wollten, da rief er ganz entrüstet: »Was meint ihr eigentlich? Soll denn dieses kleine, zarte Wesen mit euch Schritt halten? Soll es überhaupt zum zweiten Mal diesen ganzen Weg auf seinen zwei winzigen Füßchen zurücklegen? Erst spannt der Wirt seinen Gaul vor, dann wird das kleine Mädchen mit dem Proviantkorb in den Wagen gesetzt, und dann geht's vorwärts.«

»Eine gute Idee«, bemerkte Barbarossa mit einem Blick auf den ungeheuren Korb, den die Wirtin statt eines Sackes gebracht hatte. Denn als sie verstanden hatte, was die Herren von ihr wollten, hatte sie ihnen erklärt, dass all die verschiedenen Nahrungsmittel nicht in einen Sack zusammengeworfen werden könnten. Und darum hatte sie einen gewaltig großen Korb herbeigeschafft und alles hineingepackt.

»Das Beste ist nun«, fuhr Barbarossa fort, zu Maximilian gewandt, »du bleibst und setzt dich mit dem Mädchen und dem Proviantkorb in den Wagen. Wir gehen unterdessen voraus, und Basti macht den Wegweiser.«

Das wurde beschlossen. Als aber der Zug sich in Bewegung setzen wollte, machte Barbarossa noch einmal halt und sagte ernsthaft: »Keiner kann wissen, welchen Gefahren und Strapazen wir auf dieser nächtlichen Reise entgegengehen. Darum soll jeder meinem Beispiel folgen und eine Weinflasche in seine Tasche stecken.«

Damit ging er ins Haus, um sich eine Flasche zu holen. Alle anderen folgten ihm lachend, der Vorschlag hatte vollen Anklang gefunden.

Endlich waren dann wieder alle auf dem Platz und konnten die Reise antreten. An der Spitze des Zuges marschierte der gewaltige Barbarossa, den kleinen Basti zur Seite. Bald hob auch Maximilian das Fräulein in den offenen Wagen hinein, setzte sich an seine Seite, den hoch bepackten Korb daneben.

Und nun ging's fort in den schönen Abendschein hinein, der von der untergegangenen Sonne noch golden am Himmel flimmerte. Dem Fränzeli aber gefiel es außerordentlich gut, so im Wagen zu fahren, den freundlichen Beschützer an seiner Seite. Das Vertrauen zu ihm war so groß geworden, dass es sich fortwährend mit ihm unterhielt und ihm erzählte, wie es daheim mit der Mutter und dem Basti und der Geiß lebte und was sie alles taten.

3. Kapitel

Eine Überraschung nach der anderen

Die Mutter daheim war inzwischen ein paarmal halb erwacht, hatte aber nicht die Kraft gehabt aufzustehen. Immer wieder war sie zurückgesunken und hatte mehrere Stunden in einer Art Betäubung dagelegen.

Endlich aber erwachte sie. Die Dämmerung war schon hereingebrochen. Ihre Kinder konnte sie nicht sehen, sie war aber so müde, dass sie noch sitzen blieb.

»Basti!« rief sie nach einiger Zeit, als alles so still um sie her blieb.
»Fränzeli, wo seid ihr?«
Sie erhielt keine Antwort. Da gab ihr die Angst plötzlich Kraft. Sie stand schnell auf, trat vor das Häuschen, aber da war niemand. Sie ging zur Geiß hinein, die war ganz allein, dann rund um das Häuschen und rief dabei immer wieder die Namen der Kinder.
Alles blieb still. Nur von unten herauf rauschte tosend der wilde Schächenbach. Eine furchtbare Angst kam über die Mutter, kaum konnte sie sich auf den Füßen halten. Sie faltete die Hände und betete, dass der liebe Gott ihr doch das Schwerste ersparen wolle. Dann lief sie an den Fußweg und wollte den Berg hinuntersteigen. Da sah sie von unten herauf einen ganzen Zug Leute kommen. Alle sprachen laut und eifrig miteinander, und es war gerade, als ob die aufgehobenen Stöcke nach ihrem Hüttchen zeigten.
»Ach, Gott im Himmel!« sagte sie im höchsten Schrecken. »Sollte es eine Nachricht für mich sein?« Sie konnte keinen Schritt weitergehen, sie stand wie gelähmt da.
»Mutter! Mutter!« rief es auf einmal von unten herauf. »Wir kommen schon, und du musst nur sehen, was wir bringen! Und die Herren kommen alle mit, und das Fränzeli kommt in einem Wagen mit einem Pferd.«
Und jetzt stürmte der Basti allen voraus und rief immerfort und erzählte atemlos, was alles geschehen war. Denn er konnte es nicht erwarten, dass die Mutter alles erfuhr.
Und als er endlich oben war und auf die Mutter losstürzte, drückte sie den Buben an sich und dankte Gott von ganzem Herzen. Vor Freude war sie neu belebt.
Aber Erstaunen und Überraschung wuchsen mit jedem Augenblick, denn hinter ihrem Basti kam eine ganze Schar von Herren heran. Und alle begrüßten sie freundlich wie eine alte Bekannte. Zwei davon trugen auf zwei Stöcken, die sie auf die Schultern gelegt hatten, einen ungeheuren Korb. Und zuletzt kam noch ein Herr, der hielt das Fränzeli an der Hand. Das sonst so schüchterne Kind schien ihm so zu vertrauen, dass es nicht einmal seine Hand losließ, als es die Mutter sah, sondern ihn mit sich zu ihr heranzog.
Die gute Afra wusste gar nicht, wo sie zu danken anfangen sollte. Denn nach Bastis Erzählung hatte sie schnell begriffen, dass die Her-

ren den Kindern viel Gutes erwiesen hatten. Und der vollgepackte Korb zeugte auch davon.
Sie wandte sich nun gleich an den Barbarossa. Weil er der Größte von allen war, so hielt sie ihn für eine Art von Anführer und dankte ihm mit so warmer Herzlichkeit, dass er ganz gerührt war.
Nun kam es ihm plötzlich in den Sinn, dass er ihr ja auch einen ärztlichen Rat geben sollte, und er schlug ihr vor, mit ihm in die Hütte zu gehen und ihm zu sagen, was ihr fehle.
Auch darüber war sie sehr froh, und drinnen erklärte sie ihm, dass sie zwar keine Schmerzen habe, nur vor Schwäche und Kraftlosigkeit kaum noch stehen und gehen könne. Er fragte nun, was sie esse und trinke, und sie sagte ihm genau alles. Nun trat Barbarossa vor die Hütte hinaus und rief mit lauter Stimme: »Alle Flaschen her!«
Er selbst lief eifrig hin und her, um die Flaschen einzusammeln. Endlich war der Tisch völlig bedeckt mit Flaschen, einige sogar standen noch auf dem Boden, und zu der sprachlos erstaunten Afra sagte er dann: »Ihr seht, Frau, die Medizin haben wir schon mitgebracht. Jeden Tag ein rechtes Glas voll genommen, dann wird's besser.«
»Ach, mein guter Herr«, konnte Afra endlich hervorbringen, »ich habe wohl manchmal gedacht, ein Tröpfchen Wein könnte mir gut tun, wenn ich's bekommen könnte. Aber so viel, so viel!«
»Meine gute Frau«, erwiderte Barbarossa, »wenn ein Tröpfchen gut tut, so tun mehrere Tröpfchen besser. Und nun lebt mir wohl und eure Kinder dazu!« Damit streckte er der Afra seine Hand hin.
Sie begleitete ihn hinaus und nahm Abschied von all den Herren. Aber sie konnte gar nicht fertig werden mit Danken. Auch das Fränzeli dankte jetzt seinem Beschützer und bat, er solle bald wiederkommen. Der Basti schoss mit seinen Danksagungen von einem zum anderen, und dann lief er auf die äußerste Spitze des Felsvorsprungs und schrie aus vollem Hals, solange er noch etwas von den Herren sehen konnte: »Vergelt's Gott, Barbarossa! Vergelt's Gott, Maximilian!« Denn er hatte sich die Namen gut gemerkt.
Als die Kinder dann aber drinnen im Hüttchen bei der Mutter saßen, hatten sie so viel zu erzählen, wie sich alles ereignet hatte, wie sie schnell fortgegangen waren, um der Mutter ein wenig Brot zu ersingen, während sie schlief. Sie berichteten, wie dann eines zum anderen gekommen war, bis sie mit dem Wagen und dem Pferd heimbegleitet worden waren. Das Fränzeli konnte fast keine Worte finden,

um die Herrlichkeit zu beschreiben, die es erlebt hatte, so im Wagen nach Hause zu fahren.

Dann wurde der große Korb ausgepackt. Aus jedem Paket rollten wieder neue, prächtige Esswaren heraus, und zuletzt kamen unten noch drei ganze weiße Brote zum Vorschein, die die Herren noch eigens bestellt hatten. Da übernahm die Freude den Basti so, dass er in hohen Sätzen in der Stube herumhüpfen und noch einmal laut rufen musste: »Vergelt's Gott, Maximilian! Vergelt's Gott, Barbarossa!«

Die Mutter aber musste immer wieder sagen: »Das hat der liebe Gott den jungen Herren ins Herz gegeben. Wir wollen auch alle Tage für sie beten, Kinder, und es nie vergessen.«

Inzwischen wanderten die Herren Studenten fröhlich nach Altdorf hinunter. Nur Ritter Maximilian war eine Weile ganz still gewesen, dann plötzlich sagte er. »Es ist doch nicht recht. Nein, es ist nicht recht. Nun haben wir die arme Frau und die Kinder nur gerade davor geschützt, dass sie nicht Hungers sterben, und weiter gar nichts. Was sollen sie da oben im Winter machen ohne warme Kleider, ohne Essen, ohne alles? Das geht nicht, wir müssen eine Sammlung veranstalten, gleich heute noch, der Wirt kann den Ertrag überbringen.«

»Ritter Maximilian«, entgegnete Barbarossa, »deine Gesinnung ist gut, dein Vorschlag aber unpraktisch. Du vergisst, dass wir auf der Reise sind, dass wir noch weit nach Hause haben und noch einiges Geld brauchen. Was bleibt da zu sammeln? Ich mache einen andern Vorschlag. Wir gründen eine neue Verbindung, die Bastiania. Jahresbeitrag vier Mark. Zu Ehrenmitgliedern werden alle Mütter und Schwestern ernannt, die liefern uns die nötigen Kittel und Röckchen für den Basti und das Mädchen. Sobald wir nach Hause kommen, wird der Jahresbeitrag eingetrieben, die Ehrenmitglieder werden zur Mitwirkung überredet, und die erste Sendung der Bastiania geht ab.«

Dieser Vorschlag fand ungeheuren Beifall. In der fröhlichsten Stimmung zogen die Herren in Altdorf wieder ein, fanden ihren Tisch noch draußen stehen und setzten sich gleich wieder daran. Hier im hell glänzenden Mondschein wurde sofort die Bastiania gegründet und besiegelt.

Wie musste aber die Afra sich wundern, als einige Wochen nachher der Postbote ein so mächtig großes Paket zu ihr hinaufbrachte, dass er es mit Gewalt durch die offene Tür zwängen musste.
Dann warf er es auf den Boden, trocknete sich die Stirn und sagte: »Es wundert mich nur, Afra, was Sie für eine Bekanntschaft so weit oben in Deutschland haben. Auch der Postverwalter hat's nicht erraten können, wer Sie so weit weg kennen könnte.«
»Ihr werdet wohl mit dem Paket an der falschen Stelle sein«, erwiderte die Afra.
»Sie können es lesen«, gab der Bote zurück und ging davon.
Wirklich standen deutlich Afras Name und ihr Wohnort auf dem Paket. Sie löste nun die festvernähten Ecken auf, und immer lockerer wurde die ganze Naht.
Die Kinder schauten gespannt auf den geheimnisvollen Gegenstand. Jetzt auf einmal ging alles auseinander, und heraus rollten Kittel und Jäckchen und Tücher und Stiefel und Strümpfe, zum Erstaunen viel. Und mitten heraus fiel eine schwere Rolle, darin waren viele, viele Silberstücke.
Die Mutter schlug die Hände zusammen und rief nur immer: »Aber woher! Woher ein solcher Segen?«
Da brachte ihr das Fränzeli ein Blatt Papier, das aus den Sachen herausgefallen war. Darauf standen die Worte:
»Und wer nur Gott zum Freunde hat, Dem hilft er immer wieder.«
Da rief der Basti sofort: »Das steht im Lied, das kommt von den Herren!«
Ja, das musste so sein. Jetzt war es auch der Mutter klar, dass die Sendung von niemandem sonst als von ihren Wohltätern kommen könnte. Aber welcher unaussprechliche Dank erfüllte jetzt ihr Herz, da sie auf einmal ganz und gar von der großen Angst befreit war, dass sie von ihren Kindern getrennt werde. Nun hatte sie ja eine so reiche Unterstützung, dass sie den kommenden Winter ohne Sorge leben konnte. Und dazu war sie von dem stärkenden Wein wieder ganz kräftig und gesund geworden.
Wie wird aber die Afra erst staunen, wenn nächstes Jahr wieder eine solche Sendung kommt und jedes Jahr aufs Neue? Denn die Bastiania besteht als eine solide Verbindung fort, und die Ehrenmitglieder denken bei jedem ausgewachsenen Kleidchen und Kittelchen ihrer Kinder an die kleinen Neujahrssänger, die ihnen von den Söhnen

und Brüdern bei der Rückkehr von der Schweizerreise in so lebendigen Farben geschildert worden sind.

Die Afra aber hat als bleibende Gedenktafel in ihrer Stube das Blatt aufgehängt, das die Herren ihrer Sendung beigelegt hatten, und worauf die Worte stehen:

»Und wer nur Gott zum Freunde hat,
Dem hilft er immer wieder.«

5. In sicherer Hut

1. Kapitel

Vor der Abreise

In Dresden, nicht weit von der Terrasse an der Elbe, steht ein großes, steinernes Haus. Dort saß an einem sonnigen Julimorgen Herr Feland in seinem Lehnstuhl und hielt eine so große Zeitung vor sich, dass man von seinem Gesicht gar nichts sehen konnte.
Ihm gegenüber saß die Frau des Hauses im weißen Morgenhäubchen und goss von Zeit zu Zeit aus dem Kessel ein wenig Wasser auf den duftenden Kaffee in der Maschine. Das Frühstück sollte gleich beginnen.
Da öffnete sich die Tür. Zwei kleine Mädchen traten ein. Hinter ihnen stand ein großes Fräulein, das mit einiger Besorgnis die lebhaften Sprünge beobachtete, mit denen die kleine Rita durch die Stube lief. Schließlich landete sie mit einem großen Satz auf Papas Knien. An der Gewandtheit des Sprungs sah man deutlich, dass er nicht zum ersten Mal ausgeführt wurde. Triumphierend schaute nun Rita umher, als wollte sie sagen: Nun sitze ich wieder auf meiner festen Burg, wo mich kein Unheil treffen kann. Dann steckte sie das lockige Köpfchen unter die große Zeitung und rief schelmisch: »O Papa, ich finde dich schon! Wann gehen wir auf die Gemmi?«
Der Papa legte das Blatt weg, küsste die Kleine und sagte: »Erst Guten Morgen, kleine Heuschrecke. Nachher kommen die Reisepläne.«
Wegen ihrer geschickten Sprünge nannte der Papa sie nämlich die kleine Heuschrecke. Als Rita nun die große Zeitung nicht mehr zwischen sich und dem Papa sah, legte sie ihre Arme um seinen Hals und sagte ihm mit großer Zärtlichkeit Guten Morgen. Inzwischen stand Schwester Ella ganz still neben Papas Stuhl und wartete seinen Morgengruß ab. Jetzt küsste er auch sein älteres Töchterchen, das sich dann still an den Tisch setzte.
»Bitte geh auch an den Tisch, wo du hingehörst!« sagte der Papa zu Rita, die noch gar keine Anstalt machte, ihren hohen Sitz zu verlassen.
»Ich gehe gleich, Papa«, versicherte Rita, setzte sich aber erst noch auf ihrer Burg zurecht. »Ich wollte nur warten, bis du gesagt hast, wann wir auf die Gemmi gehen.«
»Sobald die Mutter gepackt hat«, erwiderte der Papa.
Jetzt sprang Rita herunter und lief zur Mama.

»O Mama, so wollen wir doch heute packen! Bitte, bitte, gleich auf der Stelle«, bat Rita schmeichelnd. »Ich will dir helfen, und Ella kann auch helfen und Fräulein Hohlweg auch, und dann können wir morgen fort und dann...«

»Jetzt trinken wir erst unsere Milch und sitzen eine Weile ganz ruhig am Tisch, liebes Kind«, berichtigte die Mutter. Und Rita, die fürs Erste keine weitere Antwort auf ihre Frage erwartete, setzte sich nun an ihren Platz zwischen Vater und Mutter, und das Frühstück begann.

Schon seit längerer Zeit hatte in Herrn Felands Haus jeder Morgen mit der dringenden Frage nach der Gemmireise angefangen. Im Kopf der kleinen Rita kam kaum mehr ein anderer Gedanke zustande. Dieses Reiseziel war auf folgende Weise in die Vorstellungen der kleinen Rita eingedrungen und hatte sich da festgesetzt.

Im vergangenen Sommer hatten Vater und Mutter eine Schweizerreise gemacht. Auf dem Gemmipass, der sie von Wallis zum Kanton Bern hinüberführte, hatte es ihnen so besonders gut gefallen, dass sie beschlossen, im folgenden Sommer wieder hierher zu fahren. Die Kinder und Fräulein Hohlweg wollten sie mitnehmen und einige Zeit dort bleiben. Die Eltern hatten auf ihrer Reise den Fremdenführer Kaspar kennengelernt und ihm ihre Absicht mitgeteilt, in der Gegend eine Wohnung zu mieten, statt in einem Hotel zu wohnen.

Da hatte Kaspar ihnen den Vorschlag gemacht, sein eigenes Häuschen, das unweit des Gemmipasses an einem grünen Abhang nahe beim Fußwege stand, zu beziehen. Gerade diese Zeit war für ihn die beste, sein kleines Haus zu vermieten. Er selbst war dann immer mit den Fremden unterwegs, und seine beiden Buben hüteten auf der Alm die großen Herden. Seine Frau konnte im Dachkämmerchen oben wohnen und die Familie Feland bedienen. Für diese konnten dann die große Wohnstube und die beiden Schlafkammern eingerichtet werden. Dieser Vorschlag hatte Herrn Feland und seiner Frau sehr gefallen. Nachdem sie sich das Häuschen angesehen hatten, beschlossen sie, es für die Sommermonate des kommenden Jahres zu mieten.

Diese Nachricht und die Schilderung der schönen Wiesen und hohen Schneeberge, der grünen Almen und der vielen weidenden Kühe hatten bei beiden Kindern einen tiefen Eindruck gemacht. Und seit Langem konnte Rita kaum mehr den Tag der Abreise erwarten.

Schon im Winter war kein Tag vergangen, ohne dass Rita wiederholte: »Mama, wird nun bald der Sommer kommen?«
Nun war der Sommer da, und Ritas Fragen wurden immer bestimmter und dringender. Jeden Morgen sprach sie nun in erwartungsvollem Ton die Worte: »Wann gehen wir auf die Gemmi?« Mit jedem Tag wuchs die Ungeduld des Kindes, und es häuften sich die stürmischen Fragen und Bitten. Denn jetzt konnte Rita kaum mehr erwarten, dass man in einen Wagen steige und den hohen Bergen und grünen Wiesen entgegenfahre.
Endlich kam der Tag, als das ganze Haus Feland wie ein großer Jahrmarkt aussah. Alle möglichen Kleidungsstücke lagen in solcher Menge in allen Zimmern umher, dass man sich nirgends mehr setzen konnte. Nach und nach verschwand aber alles in drei riesigen Koffern, und zwei Tage später saß die ganze Familie Feland im Reisewagen. Ella in stiller Freude zwischen Mama und Fräulein Hohlweg, Rita neben dem Papa, den sie alle Augenblicke begeistert umarmte. Denn nun ging es ja auf die große Reise, nun fuhren sie auf die Gemmi.

2. Kapitel

Auf der Gemmi

Nicht weit von der Höhe des Gemmipasses führt der schmale Weg ins Gehölz hinein und kommt bald an die Stellen, wo der Wanderer nicht ohne Grauen über die steilen Felswände in den tiefen Abgrund hinunterschaut. Auf diesem Waldpfad kam an einem schönen Sommerabend ein kleiner Junge daher. Er hielt eine große rote Blume in der Hand, die er wohl drinnen im Gehölz gefunden hatte, und schaute sie von Zeit zu Zeit bewundernd an.
Nun trat er aus dem Wald heraus und schaute sich um. Er schien aber nichts Besonderes zu entdecken und setzte seinen Weg fort. Jetzt betrat er den schmalen Wiesenpfad, der zur Linken den grünen Abhang hinaufführt. Dort standen zwei Häuschen nicht weit voneinander entfernt, jedes mit einem kleinen Anbau nach hinten, der offenbar das Vieh beherbergte. Einer dieser Ställe war größer, auch das Häuschen selbst mit einer nagelneuen Haustür sah geräumiger und schöner aus. Es gehörte dem Fremdenführer Kaspar, der mit seiner Frau und seinen zwei Buben darin wohnte. Jedes Jahr konnte

er etwas daran ausbessern, weil er den Sommer über als Fremdenführer einen guten Verdienst hatte. In seinem Stall standen nicht nur zwei Geißen, wie bei allen Nachbarn, sondern seit zwei Jahren auch eine schöne Kuh, die ihm prächtige Milch und Butter lieferte. Das kleinere Häuschen drüben mit der alten, wurmstichigen Haustür und dem baufälligen Schindeldach gehörte dem Träger Martin. Er war ein großer Mann, der wegen seiner kräftigen Erscheinung nur »der feste Martin« genannt wurde. Er lebte mit seiner Frau und vier kleinen Kindern, und hinten im kleinen Stall standen seine zwei Geißen, deren Milch die ganze Familie ernähren musste.
Den Sommer über, besonders wenn es schön war, hatte der feste Martin auch eine ordentliche Einnahme. Er trug dann den Fremden das Gepäck über die Gemmi, doch verdiente er lange nicht soviel wie der Nachbar Kaspar, der oft viele Tage mit den Herren Bergsteigern unterwegs war.
Vor der neuen Haustür standen die zwei Buben des Kaspar und hatten eine wichtige Sache zu besprechen. Sie besahen, befühlten und verglichen mit großem Ernst zwei Gegenstände, die sie in ihren Händen hielten. Und wenn sie endlich mit dem Vergleichen zu Ende zu sein schienen, fingen sie wieder von vorne an. Der kleine Junge, der eben vom Wald her auf das Häuschen zukam, stand jetzt still und schaute erstaunt auf den Vorgang vor der Haustür.
»Seppli, komm, sieh!« rief ihm nun einer der beiden Buben zu. Seppli kam näher. Starr und verwundert schauten seine Augen auf das, was ihm gezeigt wurde.
»Sieh, das hat der Vater uns vom Jahrmarkt in Bern mitgebracht«, rief der größere der Buben wieder dem Seppli zu, und jeder hielt sein Geschenk in die Höhe. Welch ein wunderbarer Anblick bot sich Seplis Augen. Chäppi und Jörg hielten jeder eine große Peitsche in der Hand, hierzulande Geißel genannt. Der feste und doch biegsame Stock war mit roten Lederbändchen umwunden. Die lange weiße Schlinge war aus soliden Lederstreifen geflochten. An ihrem Ende hing ein fest gedrehtes, rundes Schnürchen von gelber Seide mit einer offenen Quaste. Dieses Ende, das einen wundervollen Knall hervorzaubern konnte, wurde der Zwick genannt. Seppli schaute sprachlos auf die Geißeln. Nie in seinem Leben hatte er etwas so Herrliches gesehen.

»Jetzt hör einmal«, sagte Chäppi, fing an, seine Geißel zu schwingen, und Jörg folgte seinem Beispiel. Nun knallte und donnerte es das Tal hinab und hinauf und hallte von allen Bergen wider, dass es dem Seppli vorkam, als gäbe es nichts Größeres und Herrlicheres auf der ganzen Welt.

»Wenn ich nur auch eine Geißel hätte mit einem gelben Zwick«, sagte er traurig, als die beiden das Knallen endlich eingestellt hatten.

»Ja, da kannst du warten«, erwiderte der Chäppi stolz, und mit einem letzten ungeheuren Knall lief er davon. Er wollte seine Geißel ja noch anderen Leuten zeigen. Jörg lief hinter ihm her. Der Seppli aber schaute den beiden nach und blieb unbeweglich stehen. Auf sein unbekümmertes Herz hatte sich eine schwere Last gelegt. Er hatte etwas gesehen, was er sich sehnlich wünschte wie sonst nichts auf der Welt. Und der Chäppi hatte vernichtend gesagt: »Ja, du kannst warten.«

Es war dem Seppli nicht anders zumute, als ob in seinem Leben alles verloren wäre, was ihm Freude machen konnte. Er packte seine rote Blume fest an und warf sie von sich. Denn nur eine rote Blume haben und niemals eine Geißel mit einem gelben Zwick besitzen, das vergällte dem Seppli die Blume. Sie flog weit in die Wiese hinab, und der Seppli schaute ihr mit stillem Zorn nach. Man kann nicht wissen, wie lange er noch so da stehen geblieben wäre, wenn sich nicht jetzt hinter ihm die Haustür geöffnet hätte. Eine Frau mit einem großen Besen in der Hand trat heraus.

»Wo sind die Buben, Seppli?« fragte sie.

»Fort mit den Geißeln«, war die Antwort, denn diese hatte er immer noch vor Augen.

»Lauf und ruf sie heim, aber schnell«, befahl die Frau. »Morgen früh müssen sie auf die Alm, und am Abend kommt die Herrschaft, da ist noch viel zu tun. Sag es ihnen, spring, Seppli!«

Der Junge lief jetzt mit aller Kraft in die Richtung, in der die beiden Buben verschwunden waren. Die Frau fing nun mit ihrem Besen an, in allen Winkeln zu kehren. Es war Kaspars Frau und die Mutter der beiden Buben Chäppi und Jörg.

Am Morgen war von Herrn Feland ein Brief angekommen, der ihn und seine Familie für den folgenden Abend anmeldete – daher die großen Vorbereitungen mit dem Besen, die übrigens nicht unnötig waren, denn Chäppi und Jörg trugen viel Schmutz mit ihren großen

Schuhen ins Haus. Jetzt kamen die beiden unter fürchterlichem Peitschenknall dahergerannt. Nachbars Seppli lief ihnen immer noch nach, denn der Anblick der Geißeln zog ihn unwiderstehlich mit. Als aber nun die Mutter ihre Buben hereinrief, da sie ihr noch bei der Arbeit helfen sollten, kehrte Seppli endlich um und ging dem Häuschen seiner Eltern zu. Aber er ging ganz langsam, so wie einer, der einen großen Schmerz mit sich trägt. Und den trug der Seppli auch mit sich, denn die Geißeln mit dem gelben Zwick schwebten ihm unaufhörlich vor Augen. Und dazu hörte er Chäppis entmutigendes Wort: »Ja, du kannst warten!«

Vor der alten Haustür drüben auf dem Plätzchen, wo der Boden zu einer Tenne festgetreten war, stand der Vater Martin und war bemüht, mit einem schweren Beil einen großen, knorrigen Holzklotz in kleine Stücke zu zerspalten. Damit sollte die Mutter wieder das Feuer im Herd entfachen. In einer Reihe vor dem Vater standen das Martheli, der Friedli und das Betheli und schauten mit großen, ernsthaften Augen seiner Arbeit zu. Seppli, der Älteste, trat jetzt auch heran, stellte sich in die Reihe und riss die Augen auf, denn wo es etwas zu sehen gab, war er immer dabei.

Bald aber deutete der Vater auf die kleinen Stücke am Boden und sagte mit einer so sanften, freundlichen Stimme, wie man sie von dem großen, festen Mann gar nicht erwartet hätte: »So, Seppli, nimm immer zwei davon auf den Arm und bring sie der Mutter in die Küche hinein, so kann sie uns die Kartoffeln kochen.« Der Seppli tat sofort, was ihm der Vater sagte, und die Arbeit ließ ihn ein wenig seinen großen Kummer vergessen. Als er aber später neben dem Friedli auf dem schmalen Bett lag, da konnte er nicht gleich einschlafen. Das große Leid stieg wieder vor seinen Augen auf, und er musste seufzen: »Oh, wenn ich nur eine Geißel hätte mit einem gelben Zwick!«

3. Kapitel

Es wird Bekanntschaft gemacht

Am folgenden Morgen konnte man in aller Frühe schon ein fürchterliches Peitschenknallen hören, denn um vier Uhr standen Chäppi und Jörg schon vor dem Häuschen und warteten auf die Kühe. Die sollten von überall her auf die Alm hinaufgeführt werden, wo die große Herde war. Dann sollten die beiden bis zum Herbst als Hirtenbuben oben bleiben, und darauf freuten sie sich so sehr, dass sie gar nicht genug Lärm machen konnten. Denn zu zweit da oben zu sein und den ganzen Sommer nichts zu tun zu haben, als mit den Peitschen und mit den Kühen umherzurennen, das war für die beiden ein herrlicher Gedanke.

Als die Mutter ihnen noch die Ränzlein aufgebunden und sie ermahnt hatte, brav zu sein, und sie dann mit ihren Kühen davongezogen waren, da kehrte die Mutter in das Häuschen zurück. Nun begann ein Fegen und Putzen in jedem Raum und Winkel, von oben bis unten, dass es den ganzen Tag kein Ende nehmen wollte. Schon ging die Sonne hinter den Tannen unter, als die Frau noch einmal ein Fenster nach dem anderen abrieb und sie dann prüfend anschaute.

Nun glitzerte aber auch alles. Die vielen Fenster, der Tisch mit der Platte aus Schiefer, die Bänke ringsum an den Wänden und auch der Boden. Jetzt sah die Frau, wie den Weg vom Tal herauf ein ganzer Zug von Trägern, von Rossen und Reiterinnen nahte. Schnell lief sie die kleine Treppe hinauf zu der Bodenkammer, band eine saubere Schürze um und stellte sich in die Haustür, um ihre fremden Gäste zu empfangen.

Der Zug hielt, und Herr Feland hob erst seine Frau und Fräulein Hohlweg, dann die Kinder von den Pferden. Kaum stand Rita auf dem Boden, so rannte sie vor Wonne hin und her und wusste gar nicht, was am allerschönsten war. Sie bewunderte das hölzerne Häuschen mit der kleinen Bank vor der Tür, die grünen Wiesen ringsum mit den Blumen und Bächen und den goldenen Abendschein oben auf den Felsen und Tannen. Alles war so neu, so schön!

Auch Ella war ganz voller Bewunderung und schaute sich staunend um. Aber jetzt traten Vater und Mutter in das Häuschen. Für Rita begann wieder ein neues Abenteuer, denn da war alles so anders, als sie es je in ihrem Leben gesehen hatte. Sie fasste Ella bei der Hand

und rannte mit ihr in alle Winkel. »Sieh, sieh, da kann man in der ganzen Stube an der Wand sitzen, und sieh nur, wohin man da klettern kann.« Dann stieg Rita mit schnellen Schritten die Stufen hinauf, die hinter dem Ofen zu einer Öffnung führten, durch die man in die Schlafkammer eintrat. Das war eine herrliche Entdeckung. Von da ging es durch die offene Tür in eine andere Kammer, in der wieder zwei Betten standen. Daneben lag ein kleiner Abstellraum und ein hölzernes Treppchen führte auf der anderen Seite wieder in die Wohnstube hinunter. Das war ein herrlicher Kreislauf, den man am Tag oft machen konnte. Alles im ganzen Häuschen innen und außen sah so neu und ungewohnt und vielversprechend aus.
Rita wusste gar nicht, worüber sie sich am meisten freuen sollte. Als sie endlich in ihrem großen Bett oben in der Kammer neben Ella lag und die Mutter nach dem Abendgebet den Kindern gute Nacht sagte, da machte Rita einen tiefen Atemzug und sagte mit innigster Befriedigung: »Oh, nun sind wir auf der Gemmi!«
Die schönsten Sommertage folgten nun mit goldenem Sonnenschein auf den Wiesen, mit frischem Windesrauschen oben im Tannenwald und dem dunkelblauen Himmel, der weithin über die Felsen und die weißen Schneeberge ausgebreitet lag. In wenigen Tagen schon hatten Ella und Rita alle schönen Stellen in der Nähe entdeckt, wo man sich ausruhen und die warmen Nachmittagsstunden gemütlich zubringen konnte. Abends wurde wieder eine Wanderung mit Papa und Mama unternommen.
Aber der Rita war es eigentlich mehr um die Entdeckung der schönen Plätzchen als um das Ausruhen zu tun, während Ella sich auf das weiche Moos bei den Tannen oder auf den grünen Weideboden des Bergabhangs hinsetzte und sich darauf freute, dass nun Fräulein Hohlweg kommen und eine schöne Geschichte lesen oder erzählen würde. Inzwischen war Rita schon wieder auf Entdeckungsreise gegangen. Die Mutter saß drinnen im Häuschen beim Papa, und manchmal musste sie sich auch zum Ausruhen hinlegen, denn ihre Gesundheit war sehr angegriffen.
Wenn Rita Fräulein Hohlweg aus dem Häuschen treten sah, den großen Korb mit sämtlichem Strickzeug am Arm, da kamen dem Kind erst recht viele schöne Orte in den Sinn. Dorthin wollte sie gehen. Und ehe noch Fräulein Hohlweg sich hingesetzt hatte, erklärte ihr Rita, sie müsse schnell zum Papa hinein, da sie ihm vieles zu

sagen habe. Husch – war sie im Häuschen, hatte sich auf Papas Knie gesetzt und machte ihm eine Menge Vorschläge, wie man zu den Tannen hoch oben auf die Felsen klettern und dann weit umherschauen könnte, oder man könnte tief in das Gehölz hineingehen, bis man zu den großen Vögeln käme, die manchmal so fürchterlich schreien.
Der Papa hörte dann die kühnen Vorschläge mit Interesse an, meinte aber, vorläufig wären noch kürzere Wanderungen zu unternehmen, und jetzt möge sie wieder zu Ella und dem Fräulein zurückkehren.
Eben hatte sich Rita wieder auf das Knie des Vaters gesetzt. Heute wollte sie einen neuen Vorschlag machen, und sie hatte es sehr eilig.
»O Papa, leg nur das Buch einen ganz kleinen Augenblick weg«, bat sie, »ich will dir nur etwas sagen.« Der Papa tat ihr den Gefallen und hörte aufmerksam zu. »Sieh, Papa«, fuhr Rita fort, »schon gestern und heute wieder steht dort drüben vor dem Häuschen ein kleiner Junge und sperrt die Augen auf und schaut immer herüber. Ich muss wirklich einmal hinübergehen und fragen, warum er das tut, und wie er heißt.«
Der Papa war mit dem notwendigen Gang einverstanden, und Rita machte sich gleich auf den Weg. Drüben stand der Seppli noch auf dem gleichen Fleck wie vor einer Stunde und schaute zum Nachbarhaus hinüber. Seit die fremden Leute angekommen waren, gab es hier immer etwas Neues und Merkwürdiges zu sehen. Als Rita bei ihm angelangt war, stellte sie sich vor ihn hin, die Hände auf den Rücken gelegt, so wie Papa, wenn er wichtige Besprechungen mit Mama zu führen hatte.
»Was hast du sehen wollen, als du immer hinübergeschaut hast?« fragte sie.
»Nichts«, erwiderte Seppli.
Diese Antwort schien der Rita nicht ganz zutreffend.
»Hast du etwa gemeint, wir haben auch einen kleinen Jungen, und hast du sehen wollen, wie er aussieht?« forschte sie weiter.
»Nein«, gab der Seppli kurz zurück.
»Du hast jetzt vielleicht vergessen, was du sehen wolltest«, sagte nun Rita. »Wie heißt du denn?«
»Seppli.«
»Wie alt bist du?«
»Weiß nicht.«

»Das muss man wissen. Komm, stelle dich neben mich, so.« Und Rita stellte sich neben den Seppli und schaute ihm über die Schulter. Er war ein wenig kleiner, aber dafür auch viel kräftiger gebaut als Rita.
»Du bist noch nicht so groß wie ich«, sagte sie, »du bist noch ziemlich klein. Siehst du, ich werde sieben Jahre alt. Denn ich bin sechs Jahre alt geworden, gerade an meinem Geburtstag, das weiß ich noch gut, denn ich habe viele Geschenke bekommen. Du wirst vielleicht erst sechs Jahre alt, weil du noch so klein bist.«
Der Seppli nahm die Belehrung gläubig an, denn er wusste nicht, dass er schon seit einiger Zeit sieben Jahre alt war, und dass er nur mehr in die Breite als in die Höhe gewachsen war.
»Was machst du den ganzen Tag, Seppli?« fragte Rita.
Seppli hatte lange nachzudenken. Endlich sagte er: »Ich weiß, wo es rote Blumen gibt.«
Dieses Wort fiel wie ein zündender Funke in Ritas Herz. Auf einmal sah sie einen Busch flammender, roter Blumen im Wald, und sie wünschte sich nichts sehnlicher als die wunderbaren Blumen.
»Wo, wo? Seppli, wo sind die Blumen? Komm, wir wollen schnell hingehen!« Und Rita hatte schon Sepplis Hand erfasst und zog ihn fort. Der Seppli folgte aber langsam.
»Dort«, sagte er jetzt und zeigte mit dem Finger zu dem Gehölz hinauf.
»Oh, geht man dort in den großen Wald hinein?« rief Rita erwartungsvoll und zog den Seppli mit aller Macht mit sich.
»Ja, und dann immer weiter«, antwortete Seppli bedächtig und ohne in einen schnelleren Schritt zu verfallen. Er hatte auch schwere Holzschuhe an den Füßen. Aber Rita zog immer stärker an dem Seppli. Schon sah sie den Weg durch den dunklen Wald vor sich und hinter den Bäumen die großen roten Blumen, leuchten und schimmern.
»Komm doch, Seppli, komm«, rief sie und zog ihn noch heftiger vorwärts.
Jetzt kamen sie am Häuschen des Kaspar vorüber. Der Papa stand in der Tür. Er wollte sehen, wo seine Kleine sich so lange aufhalte. Der gestattete Besuch konnte wohl nun zu Ende sein. Als er gerade auf die Schwelle trat, kam das seltsame Paar vorüber. Rita zog mit aller Anstrengung den Seppli hinter sich her.

»He, he! Nicht so eilig, kleine Heuschrecke!« rief der Papa. »Komm hierher! Wo soll der neue Freund hingeschleppt werden?«
»O Papa«, rief Rita mit großem Eifer, »er kennt so schöne, rote Blumen im Wald, wir wollen sie holen.«
»Nein, nein«, sagte der Papa und nahm Rita bei der Hand, »das geht nicht. Jetzt gehen wir mit Mama spazieren, und der kleine Freund holt einmal die Blumen und bringt sie dir, dann soll er ein schönes Butterbrot haben.«
Damit zog der Papa sein Kind mit sich ins Haus, und bald kamen alle miteinander, Vater und Mutter, Fräulein Hohlweg, Ella und Rita wieder heraus und wanderten zusammen auf dem sonnenbeschienenen Bergpfad in das Tal hinab. Der Seppli blieb auf demselben Fleck stehen, bis er gar nichts mehr von der Gesellschaft sah, dann erst wandte er um und kehrte wieder zu seiner Haustür zurück.

4. Kapitel

Eine Schreckensnacht

Am folgenden Tag, um die Zeit, da Frau Feland wie gewöhnlich ausruhen musste, schritt Fräulein Hohlweg mit dem großen Korb dem schönen Schattenplätzchen nahe der Wohnung zu, um das gemütliche Strick- und Lesestündchen abzuhalten. Ella saß schon ruhig auf ihrem Moosplätzchen. Rita stand vor ihr und erzählte mit großem Eifer von einem Busch im Wald mit roten flammenden Blumen, die leuchteten weithin durch die Bäume. Ihre Augen wurden dabei immer größer und glänzender, denn je mehr sie davon redete, desto deutlicher sah sie alles vor sich. Und es war, als sei sie schon auf dem Weg mitten im Wald.
Fräulein Hohlweg stellte eben den großen Korb hin und sagte: »Setz dich nun, Rita, und sei still, ich habe euch etwas Schönes vorzulesen.« Aber Rita war so erfüllt von ihren Blumen und dem Wald und all den Dingen, die sie vor Augen hatte, dass die Ermahnung vergeblich war. –
»Ich muss geschwind zum Papa, ich habe ihm so viel zu sagen,« versicherte Rita und lief auf das Häuschen zu. Das war jeden Tag das Gleiche. Immer meinte Rita, wenn sie sich hinsetzen sollte, dem Papa schnell etwas Besonderes sagen zu müssen. Heute jedoch hatte sie es noch eiliger als sonst. Als schon eine gute Weile vergangen war und

das Kind nicht zurückkehrte, wurde Fräulein Hohlweg unruhig und sagte: »Geh schnell hinein, Ella, und rufe Rita, dass sie ja nicht Mama aufweckt. Papa muss auch schon fort sein, er sagte ja bei Tisch, dass er einen langen Weg vorhabe.«

Ella lief hinein, kam aber so lange nicht wieder, dass auch Fräulein Hohlweg ins Haus ging. Es war ganz still drinnen. In der Wohnstube war kein Mensch, in der Küche auch niemand. Das Fräulein stieg die kleine Treppe hinauf und öffnete leise die Schlafkammer der Kinder, auch da war niemand. Durch die offene Tür konnte man ins Zimmer der Eltern sehen. Frau Feland lag mit geschlossenen Augen auf ihrem Bett, sie war allein im Zimmer.

Fräulein Hohlweg trat wieder hinaus. Jetzt kam Ella vom Dachboden herunter und erzählte, dass sie Rita im ganzen Häuschen, in allen Winkeln gesucht habe. Auch im Kämmerchen von Kaspars Frau war Rita nicht zu finden. Das Fräulein lief die Treppe hinunter zu dem Stall, dort war etwas zu hören. Kaspars Frau stand drinnen und machte den Geißen das Stroh zurecht. Auf die Frage nach der kleinen Rita antwortete sie nur, vor nicht langer Zeit habe sie das Kind ins Haus kommen gesehen. Wo konnte aber Rita nachher hingegangen sein?

Fräulein Hohlweg und Ella durchsuchten noch einmal das ganze Haus, dann ringsumher alle Ecken und Winkel. Die Frau half tüchtig mit, denn sie sah, dass das Fräulein Angst hatte. Aber nirgends war eine Spur von dem Kind zu entdecken. Die Frau lief zu dem Nachbarhäuschen hinüber, vielleicht hatte man dort Rita gesehen. Aber niemand war zuhause, die Haustür war geschlossen. Da fiel der Frau ein, dass Martin heute hoch oben bei den Felsen sein Heu machte und dass ihm alle Hausgenossen helfen würden. Mit dieser Nachricht kam sie zurück.

Fräulein Hohlweg war sonst schon furchtsamer Natur, jetzt wurde sie immer unruhiger. »Ach, wenn ich doch dem Kind gleich nachgelaufen wäre!« jammerte sie wohl hundertmal. Aber das half nun nichts. Was war zu tun? Wo sollte man Rita suchen? Konnte sie vielleicht den Leuten zu dem Felsen hinauf nachgelaufen sein? Vielleicht mit dem kleinen Jungen, mit dem man sie gestern gesehen hatte? Je mehr Fräulein Hohlweg darüber nachdachte, desto wahrscheinlicher schien es ihr. Wenn man jetzt nur gleich jemanden hinaufschicken könnte, meinte sie, bevor man der Mutter von der Sache erzählen müsste.

Kaspars Frau wollte bei den Felsen nachsehen und so schnell wie möglich wiederkommen. Aber der Weg sei weit und mühsam, sie brauche mehr Zeit, als man denke, wenn man so hinaufschaue. Fräulein Hohlweg versprach ihr die beste Belohnung, wenn sie nur laufen und dadurch Frau Feland vor dem Schrecken bewahren wolle. Sie hoffte ganz sicher, die Frau werde Rita mit nach Hause bringen. Aber der Weg war länger, als das Fräulein dachte. Und lange bevor die Frau zurück sein konnte, kam Frau Feland aus ihrem Zimmer herunter und wollte mit den Kindern einen Gang machen. Nun musste alles berichtet werden.

Im ersten großen Schrecken wollte die Mutter gleich selbst hinaus, um nach dem Kind zu suchen. Aber Fräulein Hohlweg war so sicher, Rita müsse mit dem kleinen Jungen fortgelaufen sein und die Frau wurde sie zurückbringen, dass Frau Feland sich auch beruhigte und auf die Rückkehr der Frau warten wollte. Sie hatte aber keinen ruhigen Augenblick. Sie lief von einem Fenster zum anderen, dann wieder vor die Haustür, dann um das Häuschen herum. Die Zeit wurde ihr so lang.

Endlich, nach zwei langen Stunden, kam die Frau zurück, keuchend und glühend vor Anstrengung. Aber sie kam allein, ohne Rita. Martin war mit seiner ganzen Familie am frühen Morgen zum Heusammeln zu den Felsen hinaufgegangen und oben geblieben. Seit gestern hatte niemand das Kind gesehen. Auch auf dem Weg hatte die Frau hier und dort nach ihm gefragt, aber es war keine Spur von ihm zu entdecken.

Jetzt brach die Mutter in großen Jammer aus.

»Oh, wenn nur mein Mann da wäre!« rief sie. »Wo finden wir Leute, um das Kind zu suchen? Was müssen wir tun? Gute Frau, was können wir tun?«

Die Frau wollte in die umliegenden Hütten laufen und die Leute fragen, ob sie beim Suchen helfen würden, bevor es Nacht werde. Man müsse dem wilden Waldbach nach- und ins Gehölz hinaufgehen. »Wenn nur nicht alle oben beim Heu wären«, jammerte sie. Aber sie machte sich sofort auf den Weg. Ella, die nun begriff, was mit Rita geschehen sein könnte, fing zu weinen an.

»O Mama, wenn Rita in den Bach hineingefallen wäre, der so schrecklich tost, oder wenn sie im Wald wäre und den Weg nicht mehr finden könnte!« schluchzte sie. »Oh, wir wollen gleich in den Wald gehen, sie hat sicher furchtbare Angst.«
Das dachte auch die Mutter. Sie nahm Ella bei der Hand und eilte zu dem Gehölz hinauf, so schnell, wie sie früher nicht hätte laufen können. Fräulein Hohlweg rannte hinter ihnen her, sie wusste vor Angst kaum mehr, was sie tat. Eine Stunde nach der anderen verging. Nach allen Seiten hin liefen suchende Frauen und Kinder, aber keine Spur von Rita wurde entdeckt. Es war Nacht geworden.
Frau Feland war bis jetzt kreuz und quer durch das Gebüsch gelaufen, sie konnte nicht mehr. Sie kehrte mit Ella zu der Wohnung zurück und brach erschöpft zusammen. Fräulein Hohlweg, die ihr auf Schritt und Tritt gefolgt war, stand ratlos da und sah aus, als wäre auch sie dem Umfallen nahe. Ella saß still weinend neben der Mutter.
Jetzt kehrte Herr Feland zurück. Als er von seiner Frau in wenigen Worten vernommen hatte, was vorgefallen war, trug er sie sofort hinauf in die Schlafkammer. Er bat sie, völlig ruhig zu bleiben, er werde alles tun, um das Kind zu finden. Auch Fräulein Hohlweg und Ella sollten sich schlafen legen. Wenn Rita gefunden worden war, werden sie davon in Kenntnis gesetzt werden.
Nun ging Herr Feland zu dem Häuschen des Martin hinüber, denn auch sein erster Gedanke war, Rita sei mit dem neuen Freund von gestern weggelaufen. Martin trat gerade aus der Haustür. Er hatte schon gehört, dass ein Kind verloren sei, und wollte eben kommen, um suchen zu helfen. Auf Herrn Felands Fragen erzählte er ihm, wie er vom frühen Morgen an mit Frau und Kindern fort gewesen sei. Sie hätten die Rita nirgends gesehen.
Herrn Felands Gedanke war nun, Rita sei allein ausgezogen, entweder irgendwo in die Felsen hinauf oder tief in den Wald hinein. Er ordnete nun an, Martin solle alle Männer der Nachbarschaft herbeiholen und sie mit guten Laternen ausrüsten. Dann sollten die einen zu den Felsenhöhen hinaufsteigen und überall herumsuchen, die anderen das Gehölz nach allen Richtungen durchstreifen. Den letzteren wollte Herr Feland sich selbst anschließen, und er war entschlossen, das Suchen fortzusetzen, bis sein Kind gefunden sei. So zogen die Männer in die Nacht hinaus, und Frau Feland hörte, wie eine

Stunde nach der anderen unten an der alten Wanduhr schlug. Aber so langsam, so schleichend ging die Nacht dahin, wie Frau Feland noch keine in ihrem Leben durchwacht hatte. Sie schloss kein Auge. Bei jedem fernen Ton, der an ihr Ohr drang, fuhr sie auf und sagte sich: »Nun kommen sie und bringen das Kind. Aber wie, lebend oder tot?« Aber sie kamen nicht.

Von Zeit zu Zeit kam Ella leise herübergetrippelt. Sie wollte sehen, ob die Mutter schlafe, denn auch sie konnte vor Angst keine Ruhe finden. Wenn sie dann auch die Mutter wieder wach fand, bat sie immer wieder: »O Mama, wollen wir nicht noch einmal beten, dass der liebe Gott die Rita beschütze und bald heimbringe?« Das wollte die Mutter jedes Mal gern. Ella kniete dann an ihrem Bett nieder und betete und flehte zum lieben Gott, dass er doch Rita vor allem Unglück behüten und dem Papa den Weg zu ihr zeigen wolle. Dann ging Ella wieder still in ihre Kammer zurück.

Die Nacht verging. Schon stieg die Sonne strahlend hinter den Bergen empor und leuchtete auf Wald und Wiesen, als hätte sie lauter Freude zu verkünden.

Frau Feland sank erschöpft auf ihre Kissen zurück. Endlich überwand die Müdigkeit Kummer und Sorge. Ein leiser Schlummer entrückte die verängstigte Mutter für kurze Zeit der qualvollen Ungewissheit und Erwartung.

5. Kapitel

Am anderen Morgen

Bleich und verstört schritt Herr Feland durch den goldenen Morgenschein seiner Wohnung zu, und an seinen Kleidern war's zu sehen, dass er durch viele Dornen und stechendes Gestrüpp gedrungen war. Frau Feland hatte gleich seinen Schritt gehört und angstvoll rief sie: »Bringst du das Kind?« Er trat näher, setzte sich an ihr Bett, legte den Kopf in seine Hände und sagte fast tonlos: »Ich komme allein. Ich kann nicht mehr hoffen, nicht mehr denken. In welchem Zustand werden wir das Kind nach der langen Nacht wiederfinden, ganz oder halb tot?«

»O nein, Papa«, rief Ella schluchzend, die leise hinzugekommen war, »der liebe Gott hat gewiss unsere Rita beschützt. Mama und ich haben ihn in der Nacht so viel darum gebeten.«

Der Vater stand auf. »Wir haben die ganze Nacht das Gehölz nach allen Richtungen durchzogen, da kann das Kind nicht sein. Nun wollen wir zu den Schluchten des Waldbaches hinuntersteigen.«
Mit zitternder Stimme hatte der Vater diese Worte gesprochen. Die Vermutung, das Kind sei in den wilden Waldbach gestürzt, wurde ihm mehr zur Gewissheit. Herr Feland hatte angeordnet, den Männern bei Martin ein gutes Frühstück zu bereiten, dann sollten sie alle weiter suchen helfen. Da es nun hell war, konnte man auch besser in die Schluchten und Tiefen hinabsteigen. Als Herr Feland bei Martin eintrat, saßen die Männer noch am Tisch und besprachen eifrig, was nun zu tun sei. Der Seppli stand neben seinem Vater und sperrte Augen und Ohren weit auf.
Herr Feland setzte sich neben Martin. Eine Stille trat ein, denn alle sahen es ihm an, welche Angst er um seine Tochter ausstand. Plötzlich sagte der Seppli trocken: »Ich weiß schon, wo sie ist.«
»Du musst nicht so dumm reden, Seppli«, sagte ihm der Vater in seiner sanftmütigen Weise, »du warst ja oben beim Heu, als sie sich verlaufen hat. Du kannst nichts davon wissen.«
Herr Feland fragte nach Seilen und anderen notwendigen Dingen, und während darüber verhandelt wurde, sagte Seppli halblaut, aber ganz hörbar: »Ich weiß doch, wo sie ist.«
Herr Feland stand auf, fasste ihn bei der Hand und sagte: »Junge, sieh mich an und sag mir's. Weißt du etwas von dem Kind?«
»Ja«, war die kurze Antwort.
»So sprich doch, Junge! Hast du das Kind gesehen? Wo ist sie hingegangen?« fragte Herr Feland in wachsender Aufregung.
»Ich will's zeigen«, antwortete der Seppli und ging zur Tür. Alle standen auf. Sie sahen einander an. Keiner wusste, ob Ernst gemacht werden sollte mit dem unnützen Gang. Herr Feland aber ging ohne Zögern dem Buben nach.
»Seppli, Seppli«, sagte der Vater Martin warnend, »ich meine fast, du versprichst, was du nicht halten kannst.«
Der Seppli aber trottete weiter, Herr Feland folgte, die Männer kamen zögernd nach.
Als der Junge auf das Gehölz zusteuerte, standen sie still und einer sagte: »Es ist ja ganz unnütz, dahin dem Buben zu folgen. Wir haben alle Plätze durchsucht und nichts gefunden. Wir gehen nicht.« Martin berichtete das Herrn Feland und sagte, dass er selbst dem Buben

nicht traue. Seppli marschierte indes immer weiter, und auch Herr Feland und Martin entschlossen sich zu folgen. Seppli wanderte unentwegt weiter in das Gehölz hinein. Plötzlich bog er links ab zu den alten Tannen, wo man bald etwas Rotes durchschimmern sah. Der Seppli steuerte gerade darauf los, mitten durch Gestrüpp und stechende Distelbüsche bis zu einem lichten Plätzchen. Dort standen mehrere große Büsche hintereinander, alle mit roten Blumen bedeckt. Hier blieb er stehen und schaute ein wenig verblüfft umher. Er hatte offenbar erwartet, Rita da zu finden. Dann setzte er entschlossen seinen Weg fort. Die Blumenbüsche wurden seltener, aber immer größer. Bei jedem stand der Seppli einen Augenblick still und schaute rundum, dann ging er weiter, immer nach links.
»Nein, Seppli, jetzt geht's nicht weiter«, rief der Vater, »dort kommen wir an die große Felswand.«
Aber in demselben Augenblick schimmerte es wie Feuer durch die Bäume. Die Sonne glühte auf einem über und über mit den roten Blumen bedeckten Strauch. Der Seppli lief schnell darauf zu, war dann aber dicht an der Felswand, die schroff und steil in den tiefen Abgrund führte. Seppli sah sich um und über die Blumen den Felsen hinab. Dann ging er zurück. Herr Feland stand hoffnungslos hinter ihm. Der Weg hörte auf, und das Kind war nicht gefunden.
Martin fasste den Buben bei der Hand und wollte ihn von der gefährlichen Stelle zurückziehen, da sagte der Seppli in seiner trockenen Art: »Da unten liegt sie.« Herr Feland stürzte vor, beugte sich über den Abgrund – eine Totenblässe überzog sein Gesicht. Er trat zurück, am nächsten Baum musste er sich festhalten, so zitterten ihm die Knie. Er winkte Martin. Dieser hielt den Seppli noch fest an der Hand. Jetzt trat er an den Rand und schaute in die Tiefe. Hier und da hing einiges Gebüsch am Abgrund. Tief unten hatte der Fels einen kleinen Vorsprung wie eine schmale Platte. Hier lag, ganz an den Felsen angeschmiegt, regungslos ein kleines Wesen, das Gesichtchen an den Stein gedrückt.
»Gott im Himmel, es ist wahr, da liegt sie!« rief Martin erschüttert, »aber ob lebendig oder...« Er sprach das Wort nicht zu Ende, ein Blick auf Herrn Feland schloss ihm die Lippen. Dieser sah aus, als könnte er selbst gleich tot hinfallen. Doch er fasste sich.

»Martin«, sprach er tonlos, »es ist keine Zeit zu verlieren. Eine Bewegung, und das Kind liegt im Abgrund. Wer steigt hinunter? Wer holt es?«
Die anderen Männer kamen jetzt auch heran. Hoffnungslos aber neugierig waren sie dem kleinen Führer doch noch gefolgt. Auch sie schauten jetzt, einer nach dem anderen, die Felswand hinunter.
»Hört, ihr Männer«, sagte Herr Feland mit bebender Stimme, »es ist kein Augenblick zu verlieren. Wer will es tun? Wer hilft, wer wagt es?«
Die Männer blickten einander an, alle jedoch blieben stumm. Einer trat wieder an den Rand, schaute hinunter, kehrte dann um, zuckte mit den Schultern und ging fort.
»Wenn man nur bestimmt wüsste, dass sie noch lebendig ist«, sagte ein anderer. »Aber man wagt sein Leben, und vielleicht nur, um ein totes Kind zu holen.«
»Wer weiß, ob das Kind nicht lebt«, rief Herr Feland fast außer sich, »und wenn es sich bewegt, ist es unrettbar verloren! Oh, ist es nicht möglich?«
»Es wäre schon lange unten, wenn es noch lebte, so stillliegt kein Kind«, sprach einer. »Und, Herr, wenn man dort hinabrollt, dann hilft auch der beste Lohn nichts mehr.«
Mit einem Schulterzucken trat einer nach dem anderen zurück. Herr Feland schaute verzweifelt um sich. Es war keine Aussicht mehr auf Hilfe. »Ich will es selbst tun«, rief er außer sich, »sagt mir nur, wie?«
Jetzt trat Martin zu ihm heran.
»Nein, Herr«, sagte er ruhig, »das geht nicht, dann sind beide verloren, das ist sicher. Aber ich will's tun mit Gott. Ich habe auch Kinder, ich weiß, wie es dem Herrn zumute sein muss.« Noch während er sprach, hatte er das große Seil an dem Stamm der alten Tanne festgemacht. Denn er hatte beschlossen, das Kind dem Vater heraufzuholen, sei es nun tot oder lebendig. Jetzt nahm er seine Mütze ab, betete leise, fasste fest das Seil und glitt die Felswand hinab.
Er kam bei der schmalen Felsplatte an. Mit der Linken hielt er mit aller Kraft das Seil, mit den bloßen Füßen suchte er sich an dem Felsen festzuklammern, um mit der Rechten das Kind hochheben zu können. Vorsichtig kam er näher, denn war das Kind am Leben und erschrak vor ihm – nur eine rasche Bewegung, und noch im letzten Augenblick war es verloren. Es lag ohne Regung da. Martin bückte

sich und legte seine breite, feste Hand auf das Kind. In demselben Augenblick wollte es sich rasch umwenden und wäre dann unrettbar hinabgestürzt. Aber Martins Hand lag fest auf ihm. Den Kopf konnte es umdrehen. Ein paar große, verwunderte Augen schauten den Mann an.
»Gott sei Lob und Dank!« sagte Martin tief aufatmend. »Bete auch, Kleines, wenn du noch reden kannst!«
»Ja, ich kann schon noch reden. Gott sei Lob und Dank!« sagte das Kind mit ganz frischer Stimme.
Martin schaute in höchster Verwunderung auf das völlig unverletzte Kind.
»Du musst unserem Herrgott besonders lieb sein, an dir hat er ein Wunder getan. Das musst du dein Lebtag nicht vergessen, Kleines«, sagte er andächtig. Dann hob er mit seiner festen Rechten das Kind zu sich empor. »So, nun musst du mich mit beiden Armen um den Hals fassen, aber recht fest, so, als wenn ich der liebe Papa wäre. Denn du siehst, ich kann dich nicht halten. Ich habe mit beiden Händen genug zu tun, dass wir hinaufkommen.«
»Ja, ja, ich will schon festhalten«, versicherte Rita und umklammerte den Martin so fest, dass er kaum atmen konnte. Aber wie froh war er!
Er begann nun die Felswand hinaufzuklettern. Es war keine leichte Arbeit. Das Blut lief ihm von Händen und Füßen herunter. Manchmal musste er einen Augenblick ausruhen. Oben standen Herr Feland und die Männer und schauten mit angehaltenem Atem hinunter, wie der Mann über dem Abgrund schwebte. Wird er die Anstrengung aushalten? Wird er heraufkommen? Oder wird ihn die Kraft verlassen? Wird er ausgleiten und mit dem Kind in die dunkle Tiefe stürzen?
Näher und näher kamen sie – nur noch das letzte, furchtbar steile Felsstück – da –
»Gott sei gedankt!« rief Martin atemlos, als er den letzten Schritt über den Rand tat. Er nahm das Kind von seinem Hals und legte es dem zitternden Vater in die Arme.
Herr Feland musste sich setzen. Er hielt sein Kind und schaute es stumm an, als könnte er sein Glück noch nicht fassen.

»O Papa, ich bin so froh«, sagte Rita und schlang beide Arme liebkosend um seinen Hals. »Aber ich wusste schon, dass du mich am Morgen holen würdest.«

Martin war an die Seite getreten. Mit gefalteten Händen schaute er auf Vater und Kind, und vor Freude liefen ihm jetzt die Tränen über das gebräunte Gesicht herab. Seppli hatte sich an ihn geschmiegt und hielt ihn fest, denn er hatte begriffen, dass der Vater in großer Gefahr gewesen war.

Jetzt trat Herr Feland, sein Kind auf dem Arm, zu Martin heran. Er streckte dem Retter seine Hand entgegen. »Sie begreifen sicher, Martin, dass ich jetzt erst tue, was ich zuallererst hätte tun sollen«, sprach er mit bewegter Stimme. »Ich danke Ihnen, wie nur einer danken kann, dem das Leben wiedergegeben ist. Ich vergesse es nie, dass Sie Ihr Leben gewagt haben, um mein Kind zu retten.«

Die beiden Männer drückten einander die Hände, und Martin sagte treuherzig: »Es ist mir ein schöner Lohn, dass ich Ihnen das Kleine so ohne Schaden zurückbringen konnte.«

»Ich sehe Sie heute noch einmal, jetzt müssen wir zur Mutter«, sagte Herr Feland und trat den Rückweg an. Seine Kleine hielt er fest im Arm. Martin, seinen Seppli an der Hand, und die anderen folgten.

Als sie nun so zusammen durch den Wald gingen, sagte Martin zu seinem Buben: »Jetzt sag mir, Seppli, wie wusstest du, dass die Kleine sich gerade dahin verlaufen hatte?«

»Weil sie zu den roten Blumen wollte«, erwiderte Seppli.

»So? Aber wie wusstest du denn, dass sie gerade dort bei dem Felsen sein konnte?«

»Weil sie nicht beim ersten Busch war, musste sie weitergegangen sein, weil dann immer noch schönere Blumen kommen. Und der allerschönste Busch ist zuletzt am Felsen. Aber ich wusste nicht, dass sie hinabgefallen war«, berichtete der Seppli.

Jetzt war Herr Feland bei seiner Wohnung angekommen. Er trat ein und öffnete die Tür des Schlafzimmers. Ella saß noch am Bett und hielt die Hand der Mutter fest. Diese lehnte erschöpft ihren Kopf in die Kissen, die Augen waren geschlossen. Herr Feland trat heran und setzte Rita mitten auf das Bett der Mutter.

»Guten Morgen, Mama! Hast du auch gut geschlafen?« rief Rita fröhlich, wie sie es jeden Morgen tat, wenn sie kam, die Mutter zu umarmen. Diese öffnete die Augen und starrte ihr Kind an. Dann plötzlich drückte sie es fest an ihr Herz, und Freudentränen strömten ihr aus den Augen. Sie konnte kein Wort sprechen, nur immer wieder dem lieben Gott in ihrem Herzen danken.

Ella hielt die kleine Schwester bei der Hand und rief: »Bist du wieder da, Rita? Wo warst du denn die ganze Nacht so allein?«

Der Vater berichtete, wie und wo er Rita gefunden und wie Martin sein Leben gewagt hatte, um das Kind zu retten. Ein Schauer überlief die Mutter bei der Schilderung. Sie drückte das Kind noch einmal fest an sich, als sie sich die furchtbare Gefahr vorstellte, in der es die ganze Nacht hindurch geschwebt hatte.

»Oh, hast du dich denn nicht fast zu – Tode gefürchtet?« fragte Ella, die vor Mitleid mit den Tränen kämpfte.

»O nein, ich habe mich nicht gefürchtet«, berichtete Rita fröhlich. »Jetzt will ich erzählen, wie es gewesen ist. Zuerst wollte ich zu Papa hinein und ihn fragen, ob ich jetzt mit dem Seppli zu den roten Blumen gehen dürfe. Aber der Papa war fort. Da dachte ich, er wurde es mir erlauben, weil ich doch schon gestern so gern gehen wollte und dann nicht durfte. Und dann ging ich zu Seppli. Aber der war auch fort. Da dachte ich, die roten Blumen finde ich schon allein, der Seppli hat mir ja gesagt, wo man hingehen muss. Dann bin ich in den Wald hinaufgegangen, habe aber lange, lange gesucht und sie nicht gefunden. Aber auf einmal habe ich einen roten Schimmer gesehen hinter den Bäumen, und ich bin hingelaufen. Zuerst waren aber nur wenige Blumen da, und sie waren nicht schön rot. Aber der Seppli hatte gesagt, man müsse ins Gehölz hineingehen und dann immer weiter. Da ging ich immer noch weiter, und es kamen immer mehr Blumen, und zuletzt kam ein großer, großer Busch mit so viel schönen, roten Blumen. Die leuchteten so prachtvoll, und ich wollte sie alle, alle haben. Und da bin ich auf einmal hinuntergefallen und auf einem Stein liegen geblieben. Aber er war nur schmal, und darum bin ich ganz nahe an den Felsen herangerückt und habe gedacht: Ich will nur ganz stillliegen, der Papa kommt dann schon und holt mich. Aber dann wurde ich müde – und es ist auch schon ein wenig Nacht geworden. Und ich habe gedacht, jetzt muss ich gewiss schlafen, und am Morgen kommt dann der Papa und holt mich. Dann habe ich gedacht, jetzt muss ich noch beten, dass mir der liebe Gott die Englein schickt, dass sie mich beschützen, wenn ich schlafe, und ich habe gebetet:

›Breit aus die Flügel beide,
O Jesu, meine Freude,
Und nimm dein Küchlein ein!
Will Satan mich verschlingen,
So lass die Englein singen:
Dies Kind soll unverletzet sein.‹

Dann habe ich gut geschlafen, bis der Mann kam, und ich wusste gleich, dass ihn der Papa geschickt hat.«
Unter Tränen lächelnd hatte die Mutter zugehört. Der Vater konnte seine Freude daran nicht verbergen.
»Aber nun geht meine kleine Heuschrecke keinen Schritt mehr allein«, sagte er jetzt in so ernstem Ton, wie er ihn in der Freude seines Herzens finden konnte.
Die Mutter aber hatte noch nicht gehört, wer die Suchenden endlich auf die richtige Spur geführt hatte. Sie wollte aber alles genau wissen. Nun fiel dem Vater ein, dass der Seppli eigentlich der Erste gewesen war, der Rita aufgespürt hatte.
»Den braven Jungen müssen wir besonders bedenken«, sagte er, und Rita, die diesen Gedanken begeistert aufgriff, kletterte sofort vom Bett herunter, um die Sache gleich auszuführen.
Was aber sollte die Belohnung für Seppli sein? Was konnte sie ihm auf der Stelle bringen?
»Er soll sich etwas wünschen«, sagte der Vater, »wir wollen sehen, was sein Herz erfreuen könnte.«
»Kann ich gleich zu ihm gehen?« fragte Rita eilig.
Der Papa wollte mitgehen, um gleich mit Vater Martin zu sprechen und auch die anderen Männer zu belohnen. Rita hüpfte vor Freude durch die Stube und dachte nur noch an den Seppli.
»Aber, Papa, wenn er sich eine Menagerie wünscht, mit den allergrößten Tieren, die es gibt?« fragte sie.
»Dann bekommt er sie«, war die bestimmte Antwort.
»Aber, Papa«, rief sie, »wenn er sich einen Türkenanzug wünscht und einen krummen Säbel dazu, wie Vetter Karl ihn hat?«
»Bekommt er ihn auch«, war die Antwort.
»Aber, Papa«, sagte sie wieder, »wenn er eine ganz große Festung wollte und zwölf Schachteln voll Soldaten, wie Karl sie hat?«
»Bekommt er sie«, erwiderte noch einmal der Vater.

Jetzt schoss Rita auf Seppli zu, der vor der Haustür stand.
»Komm, Seppli«, rief sie, »jetzt kannst du dir das Allerschönste wünschen, was es gibt.«
Der Seppli schaute die Rita mit gerunzelter Stirn an. Es war, als ob ihre Worte etwas, das ihm schwer auf dem Herzen lag, wieder geweckt hätten. Endlich sagte er niedergeschlagen: »Das nutzt nichts.«
»Doch sicher, das nutzt«, erwiderte Rita. »Da du mich gefunden hast, kannst du dir wünschen, was du willst, und du bekommst es. Der Papa hat es gesagt. Jetzt denk einmal nach und dann sag etwas.«
Allmählich schien Seppli die Sache zu begreifen. Er schaute Rita noch einmal prüfend an, ob es auch wirklich im Ernst gemeint sei. Dann holte er tief Atem und sagte: »Eine Geißel mit einem gelben Zwick.«
»Nein, Seppli, das ist gar nichts«, erwiderte Rita ganz unwillig, »so etwas musst du dir nicht wünschen. Denk noch einmal nach, was das Allerschönste ist, und das musst du dir wünschen.«
Seppli dachte gehorsam nach, holte noch einmal tief Atem und sagte: »Eine Geißel mit einem gelben Zwick.«
Jetzt trat Herr Feland mit den Männern aus dem Haus. Diese entfernten sich unter vielen Danksagungen, Martin blieb in der Tür stehen.
»Ihnen habe ich noch nichts angeboten, Martin«, sprach Herr Feland. »Ihnen möchte ich meine Dankbarkeit vorerst auf eine Weise zeigen, die Ihnen eine rechte Freude macht. Sagt, haben Sie irgendeinen besonderen Wunsch?«
Martin drehte seine Mütze ein wenig in den Händen herum, dann sagte er zögernd: »Ich habe schon lange einen großen Wunsch, aber den darf ich nicht sagen. Nein, nein, er hätte mir nicht in den Sinn kommen sollen.«
»Sagt ihn frei heraus«, ermunterte Herr Feland, »vielleicht kann ich helfen.«
»Ich habe immer gedacht«, fuhr Martin zögernd fort, »wenn ich es nur einmal so weit bringen könnte wie mein Nachbar drüben, dass ich auch daran denken dürfte, eine Kuh zu kaufen. Ich habe ziemlich viel Heu und könnte dann ohne Sorgen meine Familie ernähren.«
»Es ist gut, Martin«, sagt Herr Feland, »wir sehen uns wieder.« Dann nahm er Rita bei der Hand und machte sich mit ihr auf den Rückweg.

»Und was wünscht sich denn dein Freund Seppli?« fragte er.
»Oh, der ist dumm«, rief Rita, »er will nur eine Geißel mit einem gelben Zwick. Das ist ja gar nichts.«
»Doch, doch, das ist etwas«, versicherte der Papa. »Siehst du, jedes Kind hat seine eigenen Freuden. Dem Seppli wird eine solche Geißel die gleiche Freude machen wie dir die allerschönste Puppenstube.«
Auf diese Erklärung hin gab sich Rita zufrieden und konnte nun kaum erwarten, dass das Gewünschte erfüllt wurde.
Am folgenden Tag hatte Herr Feland eine Reise ins Tal hinunter zu machen. Rita kannte den Grund und hüpfte vor Freude den ganzen Morgen lang. Der Papa ging aber nicht, ohne seiner kleinen Heuschrecke einzuschärfen, dass sie keinen Schritt allein vom Haus weggehen dürfe. Und Fräulein Hohlweg sollte auf sie aufpassen. Diese hatte aber in der Schreckensnacht solche Angst ausgestanden, dass sie von jetzt an kein Auge mehr von Rita abwenden wollte, was ihr aber doch schwer werden würde.
Zwei Tage darauf, als Martin sich gerade mit den Seinen an den Tisch zu den dampfenden Kartoffeln gesetzt hatte, ertönte vor dem Häuschen ein starkes Gebrüll – noch einmal und zum dritten Mal!
»Dem Kaspar muss seine Kuh fortgelaufen sein«, sagte Martin und stand auf, um sie einzufangen. Das musste Seppli auch sehen. Eilig lief er dem Vater nach, das Martheli, der Friedli und das Betheli folgten, und hinter ihnen lief die Mutter, um alle wieder zurückzuholen. Draußen aber stand Vater Martin in regungslosem Staunen, und alle anderen neben ihm sperrten die Augen weit auf. Die Mutter aber, die jetzt hinzukam, schlug die Hände zusammen und konnte vor Verwunderung kein Wort hervorbringen. Am Haus angebunden stand eine glänzend braune Kuh, so groß und prächtig, wie nur hier und da bei den reichen Bauern eine zu sehen war. An dem einen Horn war eine große Peitsche befestigt, die hatte eine weiße feste Lederschlinge mit einem dicken, seidenen Zwick daran. Der flimmerte wie Gold in der Sonne.
An den Peitschenstiel war ein Papier gebunden, darauf stand mit großen Buchstaben: ›Für den Seppli.‹
Martin nahm die Peitsche herunter und gab sie dem Buben. »Sie gehört dir«, sagte er.
Seppli hielt seine Geißel in der Hand. Das Schönste und Herrlichste, was er sich denken konnte, war sein Eigentum. Und dazu war noch

eine Kuh da, die konnte man auf die Alm treiben und dazu mit der Geißel knallen wie der Jörg und der Chäppi.

Seppli erfasste mit strahlenden Augen seine Geißel, umarmte sie und hielt sie so fest, als wollte er sagen: ›Keine Macht der Erde kann mich davon trennen!‹ Martin und seine Frau konnten das prächtige Tier nicht genug anschauen. Dass es ihnen aber gehören sollte, kam ihnen wie ein Wunder vor.

Endlich sagte Martin: »Sie brüllt, weil sie die Milch hergeben will. Seppli, hol die Kannen, heute wollen wir es uns gut gehen lassen.«

Zwei große Kannen voll der schäumenden, frischen Milch wurden gefüllt und zu den Kartoffeln auf den Tisch gestellt. Dann begleiteten alle im Triumphzug die braune Kuh zu dem Stall.

Drüben vor dem Nachbarhäuschen stand Herr Feland mit seinen Kindern. Sie wollten zuschauen, wie die Kuh empfangen wurde. Auch wollte Rita unbedingt wissen, welchen Eindruck die Geißel auf den Seppli machen würde, da sie selbst den Zettel mit der Aufschrift ›Für den Seppli‹ an den Peitschenstiel gebunden hatte.

Als Frau Feland sich von den großen Aufregungen erholt hatte, wanderte die ganze Familie zu der Felsenwand hinauf. Sie wollte dem lieben Gott noch einmal an dem Ort aus vollem Herzen selbst Lob und Dank sagen, wo er seine schützende Hand so sichtbar über das Kind gebreitet hatte.